ハーレクイン文庫

非情なプロポーズ

キャサリン・スペンサー

春野ひろこ 訳

HARLEQUIN
BUNKO

Published by Harlequin Japan, a Division of K.K. HarperCollins Japan, 2023

非情なプロポーズ

◆主要登場人物

ステファニー・レイランド＝オーウェン……大学の研究員。
サイモン・マシュー・レイランド＝オーウェン……ステファニーの息子。
ブランドン・レイランド……ステファニーの祖父。
アンナ・レイランド……ステファニーの祖母。
ブルース・レイランド……ステファニーの父。
ヴィヴィアン・レイランド……ステファニーの母。
ヴィクター・レイランド……ステファニーの長兄。
アンドリュー・レイランド……ステファニーの次兄。
チャールズ……ステファニーの亡夫。
マテオ・デ・ルーカ……大理石採石会社の社長。大富豪。
コリーナ・ルッソ……マテオの友人。

1

二十メートルほど離れた木立から、その男性は現れた。隣の別荘《ヴィラ》へ続く舗装された道と、崖《がけ》を下って海岸へ出る砂利道の交差する地点だ。これだけ距離があるのに、しかも遅い午後の日差しにその姿が揺らめいて見えるのに、彼の身についた何か――誇らしげに頭を上げた様子、あるいは優雅な歩き方かもしれない――に強烈ななつかしさを感じて、ステファニーははっと息をのんだ。もしかしたら相手に聞こえただろうか。彼女は片手で口を覆い、近くの大きな木の陰に隠れて、木の葉のあいだからそっとのぞいてみた。

もちろん、あの人のはずがない。想像力がいたずらをしているのよ。ここがイタリアだから、あの人の国だから。ばかばかしい。胸の高鳴りが静まり、落ち着いて考えられるようになると、ステファニーは自分を戒めた。トスカーナ地方のリグリア海岸の小さな町で生まれ育った彼は、世界的に有名なカラーラ大理石の採石場で働いていると言っていた。見るからに労働者タイプで、カナダで短い夏を過ごすあいだも、埃《ほこり》っぽいジーンズと汗のしみたTシャツを着ていた。

けれど、ここはナポリ湾に浮かぶイスキア島。カラーラからは五百キロ近く離れているし、ステファニーがカナダにあるブラムリー・オン・ザ・レイクの祖父母の家で夏休みを過ごしたころからはかなり年月が流れている。それに小麦色のスラックスに白いシャツという格好で、露出した岩を背にして立つあの男性は、どう見ても労働者とは思えない。観光客でにぎわうカプリ島を避け、小さな美しい島を避暑地に選んだ裕福なイタリア人という印象だ。

とはいえ、彼にはステファニーの祖父母が借りた別荘の敷地に勝手に足を踏み入れる権利はない。堂々と彼を問いただせばいいものを、わたしはどうして木の陰に隠れたりしているの？

なぜなら、彼が過ぎ去った思い出を万華鏡のように次々とよみがえらせるから！　色、香り、味わい、すべてが怖いほどあざやかな思い出だ。あれはカナダ南部のオンタリオ州で彼女が十九歳を迎えた暑い夏のことだった。

厩舎《きゅうしゃ》の入口からさしこむ日差し、そのなかで舞うこまかい埃がステファニーの脳裏に浮かんだ。そしてブロンズ色の肌に汗が輝く上半身むきだしの彼の姿が。深夜、母屋からこっそり抜けだし、厩舎の二階へと梯子《はしご》を上っていったのが、きのうのことのように思い出される。六歳年上で、ステファニーとは比べものにならないほど経験豊かだった男性。彼にすべてを捧《ささ》げ、星を見つめながら彼のそばに横たわっていたとき、むきだしの背中に感じた馬用の毛布の感触。

彼のささやくような懇願の声、彼に従うステファニー自身のかすれた吐息が時間の霧を抜けて漂ってきた。理性を忘れたつかのま、ステファニーは情熱のひとときをもう一度体験した。そして、自分を現実に引き戻せないでいるうちに、彼に捨てられた記憶が激しい痛みを伴ってよみがえり、あらためて深く傷つけられた。

なんてばかなの！　あれはもう何年も昔のことなのに、イタリアに到着したその日に、黒髪のたくましい男性が偶然目に入ったというだけで、人生でいちばんつらい経験を思い出してしまうなんて。こんな調子では、一カ月がたつころには完全に頭がおかしくなっているだろう。そんなふうになるために、息子のサイモンを連れて、カナダの西海岸からティレニア海のこの島までわざわざやってきたわけではない。

父方レイランド家の祖母アンナは、めずらしく厳しい調子の手紙を送ってきた。


〈これは、お願いというより命令だと思ってちょうだい。

ブランドンとわたしは今年の七月十二日で結婚六十五周年を迎えます。これは世間的に見てもとても長い時間だけれど、わたしたちは品物でのお祝いはいっさいお断りすることにして、あなたたちにとってはもっと難しい贈り物を頼むことにしました。七月を丸一カ月、わたしたちと一緒にイタリアで家族全員過ごしてほしいの。息子一家の不和に、わたしたちは深く心を痛めています。あなたのおじいさんは健康状態が芳しくありません。おじいさんがこれまで、あなたがたにそそいできた大きな愛情を考えて、おじいさんのために、どうかわたしの願いを聞いてください〉

ああ、わたしも祖母のように精神的に強くなれたら！　自分の弱さにうんざりしながら、ステファニーがもう一度木の向こうをのぞくと、先ほどの男性は姿を消していた。崖を下って浜辺に下りたか、あざやかなピンクや赤の花に覆われたつる棚《パーゴラ》の下を通って隣のヴィラの庭に出たのだろう。

ステファニーは自分たちが滞在しているヴィラを振り返った。クリーム色の漆喰《しっくい》壁と青い瓦《かわら》屋根が遅い午後の日差しを浴びて輝いている。建物の外壁は暑熱のなかで揺らめいて見えるが、サイモンが疲れて昼寝をしている部屋はエアコンがきいていて涼しく快適だ。

「このまま寝かせておきなさい。今夜はいつもより夜更かしさせればいいわ」さっきステファニーがそろそろ息子を起こしたほうがよくないかときいたとき、祖母は言った。「ディナーは八時に戸外《アル・フレスコ》でいただきましょう。あなたは庭を散歩してらっしゃい。サイモンはわたしが見てますから」

ステファニーは逃げだせることをありがたく思った。サイモンや祖父母からではない。母や二番目の兄アンドリューからでもない。父と長兄のヴィクターからだ。ふたりと会うのはほぼ七年ぶりだというのに、彼らはひさしぶり、という挨拶《あいさつ》もそこそこに批判を開始した。

「チャールズがそれほどの年でもないのに死んだのは、まさに悲劇だったな」父ブルースは、五年前に亡くなったステファニーの元夫の名前を持ちだした。「しかし、おかげでおまえは、わずかなりとも体面を保てるようになったんだからな」

「体面?」ステファニーは当惑し、父の顔をまじまじと見た。「チャールズが亡くなったことがわたしの体面にどう影響するっていうの?」

「おかげで夫を亡くしていると言えるようになったじゃないか」頭の悪い子犬にトイレのしつけをしようとしているような口調で兄のヴィクターが言った。「おまえは気づいていなかったかもしれないが、わが一族に離婚はないんだ」

「本当に?」ステファニーはむっとして息を吸いこんだ。「それじゃ、チャールズが亡くなってくれて、お兄さんが真実を語らずにすんだのは、都合がよかったわね」

「わたしたちはチャールズの死を喜んでいるわけじゃない」興奮した様子でテラスを走っていくサイモンを目で追いながら、父が言った。「あの子には男親が、きちんとした手本が必要だ。チャールズが生きていたら、今も息子の人生にプラスの影響力を持ちつづけただろう。しかし、彼はインドで働くことを選び、半年で原因不明の病にかかって死んでしまった。チャールズがインドまで行かなければならない決心をするとは、おまえはいったいどんなことをしたんだ?」

わたしは、彼との結婚は間違いだったと認めたのよ。お父さんたちなら、世間体を保つためだけに不幸な結婚生活を死ぬまで続けたでしょうけどね。チャールズはサイモンの本当の父親じゃないの。だから、彼は簡単にサイモンを置いていくことができたのよ。

そう言ったら父たちがどんな顔をするか見たい気持ちもあったが、ステファニーはあえて言わずにおいた。レイランド家の人々が、とくに女性たちが、絶大な力を持つ大学教授ブルースとヴィクターの命令に疑問をさしはさまないのはなぜか、彼女は早いうちから理解していた。決して家名に傷をつけるようなまねをしてはならないのだ。

というわけで、ステファニーは口を閉ざしていた。そうすれば、何はともあれ、サイモンから家族意識のようなものを奪われずにすむ。サイモンがステファニーの親族に会うことはめったにないけれど。というのも、父は自分のたったひとりの孫息子が、十年前のひと夏の恋から生まれた婚外子だと気づいたら、決して孫とは認めないはずだから。

母のヴィヴィアンですら、本当のことは知らない。

あえて波風を立てたりせず、表面だけでも従順で社会的に恥ずかしくない娘を演じるほうがいいとステファニーは思ったのだ。家族として一緒に過ごすのは一カ月だけ。自分が胸の内を吐露すれば、祖父母がとくに避けたいと願っているたぐいの衝突を引き起こすのは目に見えている。

とはいえ、先ほどの会話の後味の悪さはなかなか消すことができず、ステファニーはまだ家のなかに戻りたくなかった。さっき見かけた侵入者もいなくなったので、花が咲き乱れる静かな庭に腰を下ろして景色を楽しめる場所を探した。

奥まったところにちょうどいい石のベンチが見つかった。そこからだと、サンタンジェロ湾からカプリ島まで見晴らせる。ベンチに散っていた花びらを払い、腰を下ろすと、ステファニーは額にたれた髪をふっと吹きあげ、目の前のこのうえなく美しい景色に雑念を忘れようとした。

父とのあいだに軋轢《あつれき》はあるものの、ここに来ることにしてよかった。サイモンにとって外国を訪れるのはいい経験になるし、息子と過ごすために仕事を一カ月も休むのは実にひさしぶりだ。サイモンはどんどん成長しつつある。五月二十八日で九歳になった息子は、すでに自立のきざしを見せはじめている。母親と長い時間一緒に過ごすのをいやがるようになるのも、そんなに遠い先の話ではなさそうだ。

右手に何か動く気配を感じて、ステファニーははっと振り向いた。香りのいい黄色い花が植えられた石の壺《つぼ》に美しい蝶《ちょう》がとまろうとしている。

「びっくりさせないで」ステファニーは蝶にそっと話しかけた。「わたしはひとりきりだと思っていたんだから」

小道に影が落ちたと思うと、聞き間違えようのない、忘れられない声がした。「だったら、そんなふうに早合点する前にあたりをもっと念入りに調べるべきだったな。きみにぼくが見えないからといって、ぼくからきみが見えないと決めつけたりせずに。元気だったかい、ステファニー?」

吐き気がこみあげ、ステファニーはめまいに襲われた。「サイモン!」苦しげにもらしたのがなぜ息子の名前だったのか、説明はつかない。

「まったく《ディオ》、男のプライドを傷つける方法をよく心得ているじゃないか!」面白がっているような響きが、まるでチョコレートでコーティングしたように彼の声を覆っている。

「ぼくは名前も覚えてもらえないほど、印象が薄かったというわけか?」

本当にそうだったらいいのに。

「マテオ・デ・ルーカ」ステファニーは口ごもりながら小さな声で言った。彼の目を見たらどうにかなってしまいそうで、自分の足元を見つめる。「いったいここで何をしているの?」

「ぼくはここで暮らしているんだ……一年のうち何週間か」

ステファニーは夕日を浴びて杏《あんず》色に染まっていくヴィラをちらっと横目で見た。「あれじゃないでしょう」

「あの隣だ。庭師用のコテージにいる」

急に現実を逸脱したように思える世界で、それはいくらか筋が通って聞こえた。「採石の仕事はもうしていないの？」

「ぼくはいろんな仕事をしている。大理石の採石はそのうちのひとつにすぎない。サイモンというのは誰だ？　夫の名前か？」

「わたしは独身よ」相変わらずマテオの目を見ないようにしていたものの、ステファニーは頭のてっぺんに彼の視線を感じていた。しかし、今の返事は彼を挑発することになるかもしれないと気づき、あわててつけ加える。「以前は結婚していたけど」

「ああ、聞いたよ」マテオの声が氷のような冷たさをおびた。

その返事に驚き、ステファニーは勇気をふるって目を上げた。記憶とたがわず、マテオはハンサムだった。「どうして？　誰から聞いたの？」

「きみのおばあさんだよ。あれからずっと、おばあさんと連絡をとりあっていたのを、知らなかったのか？」

ああ、なんてこと！　彼はほかに何を知っているの？

「いいえ」答えたステファニーは、自分が落ち着いた声を出せたことに驚くと同時に感動した。「祖母は、あなたに言ってもわたしは気にしないと思ったんでしょうね」

「おそらく。当時ぼくは、きみがぼくから別の男にあっというまに乗り換えたことに驚いたよ」

「立ち直りの速さは若さの特徴のひとつだもの」ステファニーは言った。「わたしはあなたの忠告を肝に銘じて前へ進んだのよ。いったい何を期待していたの？ わたしがあなたにふられたことを死ぬまで嘆くとでも？」

「いや。そこまでうぬぼれてはいないさ」

うぬぼれるべきだったのよ！ わたしは決して悲しみから立ち直れなかったのだから。本当は前に進めなかったのだから。すべてはうわべだけ。心の傷は、隠すことによってしか回復の見込みがなかったのだ。

「あなたは？ 結婚したの？」

マテオはゆっくりほほ笑んだ。「いとしい人《カーラ》、ぼくには女性が結婚したいと思うような魅力があったかな？」

天使の顔……神の肉体……罪は尊敬されるべきことで、慎み深さは欠点であると思わせる唇！ 頬が赤らむのを感じて、ステファニーはふたたび顔をそむけた。

「真剣な恋愛のなんたるかを知るには、あなたはまだ若すぎるようね」

「きみがそのいまいましい結論に達した理由は？」

弁解がましくステファニーは言った。「その、あなたは何歳になったの？ 三十二、三十三？」

「三十五だ」

きかなくてもわかっていたくせに！ 彼の誕生日はサイモンの誕生日と同じく、あるいはわたし自身の誕生日と同じく、頭に刻みこまれている。

「それなのに、まだ結婚していないの？　ということは、ほかの人より大人になるのに時間がかかるタイプなのね」

「あるいは、結婚生活に飛びこむのは、自分が求めるものを確認してからにしようと考えるタイプかもしれない。ぼくは離婚をいいこととは考えないものでね」

「うちの父とそっくり」

「きみにそんなことを言われるとは思いもしなかった。教育を受けていない粗野なぼくは、お父さんの高尚な趣味には決して合わない。きみにそう言われたのをはっきり覚えている」

ステファニーの顔がさらに紅潮したが、今度は恥ずかしさからだった。「あのとき、わたしはかろうじて十九歳になったばかりだったのよ。まだ子供で、親のしつけやわたしに対する父の期待に多大な影響を受けていたから」

「きみはあらゆる面で大人の女性だったよ、ステファニー」

最初の音節にアクセントを置き、最後の音節を引きのばす彼の言い方は、あたかも体を愛撫《あいぶ》されているような官能的な喜びを感じさせた。

「いいえ」ステファニーはそんな肉体的な反応を抑えこもうとした。「わたしは〝愛している〟と言われたら、相手は本当にそう思っていると信じるような世間知らずの子供だっ、た。実際に相手が求めているのは、わたしをベッドに誘うことだというときでもね。あなたはわたしをうれしがらせる方法を心得ていて、わたしはあなたの目的がそれだけだと見抜けるほど経験豊富じゃなかった」

「それだけ？」猫が喉を鳴らすような低い声に、ステファニーはまるで体に触れられたかのように身をすくませた。「きみは自分から進んでぼくのところに来たんじゃなかったかい？　ぼくは力ずくできみを厩舎《カーラ》に引きずりこんだっけ？」マテオは首を振った。「それはぼくの記憶とは違うよ、いとしい人。ぼくの記憶では、きみはぼくとの関係を大いに楽しんでいた」

「そうだったかしら？」物憂げにステファニーは青い海に目を向け、こんな話題にはまったく興味がないというふりをした。「それはありうるから、その点については反論しないわ。でも真実を知りたければ教えるけど、マテオ、わたし、あなたとのことはあまりよく覚えていないの。その後、もっと大事な出来事が起こったから」

「ぼくはきみにとって最初の男だ」彼女に思い出させる必要があるとでもいうように、マテオは言った。「きみのお父さんから食事に招待されたことはなかったかもしれないが、きみに情熱を、情熱のなんたるかを、それがどんなに深いものかを教えたのはぼくだ。その後どんなことがあろうと、女性はそういう経験を忘れたりするはずがない」

「捨てられたことも忘れてないわよ！　あなたはあっというまにわたしに飽きたわね」

「だけど、きみをこの腕に抱いたときのことは決して忘れていない。きみははかなげで不安そうだった。今も思い出すよ、きみの肌のきめも、髪も……感触や香りも……」

一秒ごとに耐えがたくなっていくこの状況から、なんとか逃げださなければ。ステファニーは立ちあがった。「わたしは時間を思い出したわ」

彼女はすでにマテオに嘘《うそ》をついていたし、彼といる時間が長くなればなるほど、嘘を重ねていきそうだった。

そんなことには耐えられない。

「また会えてうれしかったわ、マテオ」きっぱりとした口調で言う。「でもわたし、本当にもう行かなければ」

マテオを押しのけるようにして立ち去ろうとしたが、おぞましいことに、彼の長い指が手首に巻きついた。「サイモンが誰か、まだ教えてもらっていない」

ああ！　もっとも恐れていた質問に、息が止まりそうになった。手首をつかんでいるマテオの手を一瞥《いちべつ》する。それは女性のかよわさと対照的に、男性的な力強さの象徴のように見えた。

少ししてステファニーは小さく降参のため息をつき、唯一言えることを口にした。「サイモンはわたしの息子よ」

「息子？」マテオの眉がつりあがった。

「そんなに驚くことはないでしょう。わたしの結婚生活は長続きしなかったけど、少なくともそこからすばらしいものが誕生したのよ」

「離婚を思いとどまらせるほど、すばらしくはなかったようだな」

「夫婦をつなぎとめるかすがいの役割は、子供の仕事じゃないわ」

マテオは肩をすくめた。「ああ。責任は百パーセント両親にあるが、子供は結婚生活を続けようと努力する充分な理由になる。ぼくは昔からそう思ってきた」

「それはいつも可能とはかぎらないわ。救いようがないほど結婚生活が破綻《はたん》している場合だってあるもの」

マテオはもう一度肩をすくめた。「ぼくに息子がいたら――」

「実際はいないんでしょう!」吐き捨てるような激しい調子で言ったとたん、ステファニーは舌を噛《か》みたくなった。「ともかく」少し口調をやわらげて言葉を継ぐ。「いないんじゃないかとわたしは思ってるんだけど?」

「ああ、いない」マテオの褐色の瞳が暗く陰り、ほとんど黒に近くなった。「でももしいたら、ぼくは何がなんでも結婚生活を維持する。自分の子供が父親と母親のあいだで引き裂かれるようなことは絶対にさせない。子供はまんなかでふたつに分けられる財産じゃないんだ」

ヴィラからテラスに小さな人影が現れた。庭をきょろきょろ見まわしている。サイモンだ。息子がやってくるのではないかと恐れ、ステファニーはあせって言った。「理想の世界でなら、わたしもあなたの言うとおりにしたと思うわ。でも、かなり昔に物事は理想どおりにいかないものだって学んだの。さあ、悪いけど――」

「ママ？」サイモンの呼ぶ声がした。

「今行くわ、サイモン」ステファニーはほほ笑み、息子に向かって手を振った。それから傍らに立っている男性に向き直り、厳しい口調で言う。「その手を離して、マテオ。早く！」

しかしマテオは彼女の言うことを聞いていないのか、じっとサイモンを見つめている。

「あれがきみの息子？」

「ええ」

「近いうちに会えるよう期待しているよ」

「可能性はあるわね」

「隣同士なんだから、これから数週間はたびたび顔を合わせることになるはずだ」何げなく、彼はステファニーの手首の内側に指を走らせた。「脈が速いな、ステファニー。ぼくがいると緊張する？」

「ちっとも。でもあなたと一緒にいると、いらいらしてきたわ」

マテオは瞳に浮かんだ面白がっているような色を隠そうとまつげを伏せ、彼女の手を口元に持ちあげた。「それじゃまた《ア・プレスト》。近いうちに会おう」

ステファニーは二度と会わずにすむよう心から祈ったが、その願いがかなうはずもないのはわかっていた。でもありがたいことに、サイモンは彼女と同じ金髪に青い瞳をしている。マテオにはまったく似ていない。ふたりを一瞬でも父と息子だと疑う人はひとりもいないだろう。

その夜、みんなが寝静まり、ヴィラが闇《やみ》に包まれても、ステファニーはひとり眠れず、寝室の外のバルコニーを行ったり来たりしていた。わたしの家族が一時間以上、内輪もめをせずに座っていられると考えるなんてばかだった。そう思いながら。

夕食の途中で、その夜のいさかいの原因を作ったのはサイモンだった。「さっきママが話をしていた男の人は誰?」メインディッシュが下げられ、デザートが運ばれてくるのを待つあいだに、サイモンがいきなり尋ねたのだった。

「隣のコテージに住んでいる人よ」ステファニーは答えた。「庭を散歩しているときにばったり出会ったの」

「あの人、どうしてママの手を握ってたの?」

全員の視線がいっせいに向けられたのを感じて、ステファニーはナプキンで口を押さえ、顔の赤みを懸命に隠そうとした。「ただ、おひさしぶりって握手していただけよ、サイモン。ずっと昔に会ったことがあったから」

大学教授の父は、金縁眼鏡の奥からうさんくさそうに娘を見ながら、落ちこぼれの学生を問いつめるような口調で言った。「そんなに昔の知り合いにばったりでくわしただと？なんとも信じがたい偶然だな」

ステファニーは父親の視線をまっすぐに受けとめた。「でも、本当のことなんだから」

娘の声に挑戦的な響きを聞きとり、父は非難のしるしに眉をつりあげた。「それで、その男に名前はあるのか？」

「もちろん」祖父が答えた。「マテオ・デ・ルーカだよ」

「わたしはその名前に聞き覚えがあるべきなんだろうな？」

「ああ。マテオは、ちょうどステファニーが高校を卒業した年の夏、イタリアからわたしたちのところへ来て、ほぼ六週間、滞在していった。彼はわたしが発明した花崗岩《かこうがん》切断機を買ってくれたんだ。おまえに、あんなものはうまく動くわけがないから誰も欲しがる人なんていないと言われたやつさ」

「そんな人間のことは覚えていないな」

「意外じゃないわね、ブルース」祖母が息子に向かって言った。「あの年の夏はブランドンが手術を受けたあとだった。あなたがそばにいてくれたら助かったのに、あなたは大学の学部長の座を争うのに忙しくて、街に残ることを選んだのよ。ありがたいことにマテオが来てくれて、必要なときはいつでも手を貸してくれたわ。彼がいなかったら、わたしたち、どうなっていたかしら」

次兄のアンドリューが口を開いた。「ああ、思い出した！　みんなで週末におばあさんたちを訪ねたときに彼に会ったじゃないか。感じのいい人だったな。ラケットボールがうまくて、魚みたいに泳ぎが上手だった。たまに休憩する以外はずっと、おじいさんの発明品を組み立てるのに肘まで油まみれになりながら働いていた」

「ああ、思い出したよ」長兄のヴィクターがあざ笑うように口元をゆがめた。「あの男は、少しでもチャンスがあったらステファニーにちょっかいを出していたはずだ。ステファニーのほうもまんざらじゃなかったよな」

ステファニーはワインにむせそうになった。この世に、ヴィクターほど自分のことにしか興味がない人間はいないと言っていい。そのヴィクターが気づいていたからには、ほかの人にも気づかれていたに違いない。「ばかなこと言わないで！」

「ばかなことであってほしいものだ」父が尊大な口調で言った。「おまえにはある程度の慎みを保つよう教えただろう。もしもわたしの目を盗んで、出稼ぎ労働者なんかと遊びまわっていたのなら――」

「ああ、ブルース、やめてちょうだい。あの夏、わたしたちは湖畔にあまり滞在しなかったけど、ステファニーがそんなことをしていたら、わたしが気づいていたわ」いつもは夫に口答えなどしないヴィヴィアンがめずらしく口をはさんだ。

ブルースは妻に出すぎたまねをしたことをわからせるために、わざとしばらく沈黙した。

「わたしもおまえくらい確信が持てたらよかったんだがね、ヴィヴィアン。だがわたしとしては、労働者なんぞのレベルに身を落とすことに魅力を感じる娘なら、チャールズと添い遂げられなかったのも不思議はないと思う気持ちのほうが強い」

怒りと当惑に頬が真っ赤になるのを感じながら、ステファニーは勢いよく椅子を押しやり、サイモンも椅子から立ちあがらせた。「もうたくさん。こんな話を息子に聞かせるわけにはいかないわ」彼女はサイモンを連れて足早に家のなかに戻った。

「ステファニーの言うとおりよ！」祖母がぴしゃりと言うのが聞こえた。「今の会話は子供の前でするものではないし、わたし自身、とっても不愉快だったわ！」

家族の不和を解決しようなんて無理な話だ。バルコニーでさわやかな夜気を吸いながら、ステファニーは思った。

2

イスキア島でいちばん大きな町、イスキア・ポルトは小さいながらも活気にあふれていた。レモンの木とうちわサボテンが、金色の砂浜と、高級ブティックやホテルが並ぶ通りを隔てている。しかし一時間も観光をすると、サイモンが文句を言いだした。船着き場にフェリーが入ってくるところを見物しても、以前ほど面白くないようだ。

「フェリーなんて、カナダでも見られるもん」サイモンは哀れっぽい声で訴えた。「どうして別荘《ヴィラ》に戻ってプールで泳いじゃいけないの？」

「プールで泳ぐのこそ、いつでもカナダでできるじゃない」ステファニーは指摘した。

「でも、イタリア観光は気が向いたらできるってものじゃないのよ。サイモン、これは本当にすばらしい体験だと思わない？　カナダに帰ったら、友達に話すことがいっぱいできるでしょう」

「誰もお店や古い建物の話なんて聞きたがらないよ、ママ！　退屈だもん」暑さで顔を赤くしながら、サイモンは母親の横を憂鬱《ゆううつ》そうに歩いている。「イタリアも退屈だな」

息子から見ればそうなのだろう。ふたたびマテオに出くわす危険を最小限に抑えるため、ステファニーはこの四日間、サイモンを村から村へと連れまわしてきたので、とにかく飽きてしまったらしい。サイモンはまだ九歳だ。美しい景色や、紀元前八世紀にまでさかのぼる島の歴史を理解できる年齢には達していない。とはいえ、ヴィラにいたくない本当の理由を説明できるはずもなかった。

「アイスクリームサンデーを食べたら、少しは機嫌が直るかしら？」彼女は一軒のオープンカフェへと息子の手を引いていった。

サイモンは肩をすくめ、近くの椅子に腰を下ろした。「たぶん」

ステファニーはサイモンにフルーツ入りのジェラートを、自分にはティラミス風味のジェラートを注文し、バッグから観光地図をとりだした。「午後は馬車に乗ってみる？　楽しそうじゃない？」

「たぶん」サイモンはふてくされた顔でテーブルの脚を蹴《け》りはじめた。ごつん、ごつん、ごつん……。

「それじゃ、観光船に乗るのはどう？」

「ママが乗りたいのなら」ごつん、ごつん、ごつん……。

テーブルの上の小さな花瓶が危なっかしく揺れた。それを押さえてステファニーは言った。「やめてちょうだい、サイモン！」

サイモンは無表情な顔をしている。「やめるって、何を？」

「テーブルを蹴ることよ。不愉快だし、このお花が倒れてしまうでしょう。そんなことしないで、アイスクリームを食べなさい」

サイモンはガラスの皿の上でどんどん溶けていくジェラートをじっと見ている。「これ、食べたくない。なかに何か入ってるもん」

「それは、ドライフルーツをこまかく刻んであるだけよ」

サイモンはほんの少し味見して顔をしかめた。少しすると、ふたたびごつん、ごつん、ごつんという音が始まった。

「やめなさいって言ったでしょう！」いらだちから声が鋭くなった。

サイモンがびっくりして顔を上げた。「知らないうちにやっちゃうんだよ、ママ」ぼそぼそとつぶやく。「ごめんなさい」

息子の悲しそうな顔を見て、ステファニーは自分が悪いのだと思った。たとえマテオ・デ・ルーカに再会しなくても、この休暇は最初から〝悲惨〟な結果になるとわかっていた。やはり、断るべきだったのだ。

「お母さんだって精いっぱい頑張っているのよ、サイモン」しばらくして彼女は言った。「あなたももう少し楽しそうにして、お母さんに協力してくれない？」

「たぶん」サイモンはますますむっつりした口調で三度目になるせりふを繰り返した。

いらだたしげなため息をつきそうになるのをこらえ、ステファニーは観光地図に目を戻した。

自分とサイモンはいつから見られていたのだろう。突然、焼けるような暑さにもかかわらず、ステファニーの体に震えが走った。ゆっくり顔を上げると、通りの向こうに止まっている小さなフィアットの横に立つ男性と目が合った。

車のヘッドライトを浴びて動けなくなった動物のように、ステファニーは椅子の上で凍りついた。マテオ・デ・ルーカが人でにぎわう通りをゆっくり横切ってくるのを、なすすべもなく見守る。

ステファニーは狼狽《ろうばい》を隠そうとした。「いつからわたしたちを見ていたの？」

「ほんの一、二分前だよ。最初はきみとは確信が持てなくて」

「それで、今、自分の目の錯覚じゃないとわかったわけ？」

「だから、挨拶《あいさつ》しに来たんだ」彼は礼儀正しくサイモンと握手をした。「こんにちは《ブオン・ジョルノ》、シニョーレ。ぼくはマテオ。きみがサイモンだね。イスキアは楽しいかな？」

「ううん」サイモンは正直に答えた。

マテオは声をあげて笑い、勧められもしないのにステファニーの隣の椅子に腰を下ろした。「自分の気持ちをはっきり言える子は好きだな。それじゃ、今日はどうしてここにいるんだい？」

「わたしたちは観光客なのよ」すぐそばにマテオがいるせいで心が乱れ、ステファニーの声がかすれた。「なんのためにここにいると思っているの？　観光に決まっているでしょう」

アイスクリームの皿を前につまらなそうに座っているサイモンをちらっと見てから、マテオはふたたびステファニーに視線を戻した。「だけど、ふたりとも楽しそうに見えないな」

「そんなことないわ。この次どこに行くか、決めようとしていただけよ」

「いちばんの見所を訪ねるには、地元のツアーガイドにきかなきゃだめだって、知らないのかい？」

「とてもいい観光地図があるから大丈夫。ガイドは必要ないわ」

「必要に決まってるじゃないか、美しい人《ラ・ミア・ベッラ》！　この島を隅々まで知りつくした人間でなければ、中世の騎士たちが戦ったり、捕虜を地下牢《ろう》に閉じこめた場所は案内できない」マテオが悪だくみの仲間のような目つきでサイモンを見ると、少年は今や熱のこもった目を彼に向けていた。「シニョーレ、お城を見てみたいかな？」

「本物の？」

「そうだよ、シ《シ》ニョーレ！　正真正銘の本物さ！」

「わあ、すごい！」すっかり表情の変わったサイモンはステファニーを見た。「おじさんに案内してもらってもいい、ママ？」

ステファニーは胃がせりあがったような気がした。サイモンに実の父親と観光をさせるですって？　とんでもない！

「それはできないわ、サイモン。シニョール・デ・ルーカはもっと大事な用事がおありのはずよ」

「いいや」しゃくにさわるほど愛想のいい口調でマテオが言う。「シニョール・デ・ルーカは用事をすべて片づけてしまったから、今日は一日自由に使えるんだ」

今度はもっときっぱり断ろうとしたとき、ステファニーはサイモンの顔にさまざまな表情がよぎるのを見た。希望、懇願、そして落胆も。マテオの申し出を受けたからといって、どうだというの？　城跡を見物したところで、わたししか知らない秘密が暴かれるはずはない。

「そうね」今度は降参のため息をつく。「一時間かそこらなら。でも、本当にあなたの迷惑にならなければだけど」

「迷惑だなんて、とんでもない」マテオの声は耐えがたいほど男性的だった。「あらゆる面で、今日の午後をきみたちの思い出に残る時間にさせてもらうよ」

ステファニーは心のなかでうめき声をあげ、もう一度マテオをちらっと見た。今日の彼は、体にぴったりしたネイビーブルーのズボンに磨きあげられた黒い靴をはいている。そして彼が着ているシャツときたら！

　息をのみ、ステファニーは目をそらした。白いシャツはブロンズ色の肌を際立たせ、目にまぶしいほどだった。黒髪はまるでサテンのように輝いている。まつげは濃く、長く、まぶたを開けていられるのが不思議なほどだ。

「それじゃ、ステファニー、決まりかな？」

　彼女に残された選択肢は、この状況をできるかぎり潔く受け入れることだけだった。ステファニーはうなずいた。「決まりよ」

「よし《ブオーノ》！　きみたちがジェラートを食べているあいだに、タクシーをつかまえてくる」

「タクシー？」ステファニーは通りの反対側に止めてあるフィアットを見た。「あれはあなたの車じゃないの？」

　マテオの顔にかすかに笑みがよぎった。「いや、今日は車は使わなかった。船で来たんだ」

「サンタンジェロからフェリーで来たの？　ああ、わたしもその方法を思いつけばよかった。わたしたちが借りているヴィラのオーナーは、自由に使っていいと言ってポルシェを置いていってくれたんだけど、ほかに家族もいるものだから、サイモンとわたしは毎日バスを使っているの。この子はそれが退屈になってきたみたいで」

　マテオは口を引き結んでいる。にやつきそうになるのをこらえているのだろうか。

ステファニーはいぶかしく思った。「何がそんなにおかしいの?」

「べつに。きみを見ていると、ふと笑いたくなるだけさ」

「どうして?」

「ほかの人はきみを、ものすごい美人で洗練された女性だと思うかもしれないけど、ぼくははるか昔の夏、よく笑っていた無邪気な少女のことを覚えているからね」

「勘違いしないで、マテオ。わたしはもう、高校を出たばかりの、ひとりじゃ何もできないばかな小娘じゃないのよ」

マテオの顔から楽しそうな表情が消えた。「きみをそんなふうに思ったことは一度もない。ぼくがきみをそんなふうに見ていたと思うのなら」ぶっきらぼうな口ぶりになる。「きみはぼくという人間を全然わかっていないんだな」

それからしばらくのあいだ、彼はサイモンだけに注意を向けていた。

「イタリア語がしゃべれるようになりたいだろう? 手伝うよ」小さなタクシーの後部座席に三人そろって乗りこむと、マテオはサイモンに話しかけ、車中の時間は少年に簡単なフレーズを教えることに費やした。

昼食にピザを食べようと、イスキア・ポンテの海辺にある小さな食堂《トラットリア》に入ったとき、サイモンはマテオから教わったイタリア語をさっそく実践してみた。

ジュースのグラスを目の前に置いたウエイトレスに、サイモンは言った。「ありがとう《グラッツィエ》」

「どういたしまして《プレーゴ》、小さな《イル・ミオ・ピッコロ》シニョーレ！」ウエイトレスはにこやかにほほ笑み、テーブルを離れていった。

サイモンの顔が誇らしげに輝いた。「ぼくの言ったこと、通じたみたいだね！」

「彼女は、きみのすてきな青い瞳に恋したんじゃないかな、シニョール・サイモン」マテオがからかう。

しかし、ウエイトレスが何かに心を奪われたとしたら、それはマテオのセクシーなまなざしだったに違いないとステファニーは思った。

二十五歳のときの彼も充分に魅力的だったが、それは若者の魅力にすぎなかった。三十五歳になった今、マテオは単にハンサムなだけではない。気がつくと、ステファニーはいわく言いがたい引力によって彼に惹《ひ》きつけられていた。こんな愚かなことは何年も前に卒業したと思っていたのに。

十年前、わたしはマテオにすっかり夢中になってしまった。あのとき、彼に冬のブラムリー湖に飛びこめと命じられたら、ためらいもなく従っていただろう。

まさか、また同じ過ちを繰り返すつもりじゃないでしょうね？

「ひどく憂鬱そうじゃないか、ステファニー」アイスカフェラテを飲んでいる彼女を見ながら、マテオが言った。「ぼくと再会したことは少しもうれしくないのかい？」

サイモンがテーブルを離れ、漁師が波止場で今日の獲物を水揚げしているほうへ歩いていった。

「わたしはサイモンから目を離さないようにしているだけよ」ステファニーは、マテオの質問に直接答えずにすんだことをありがたく思った。「波止場のそばにあまり近づいてほしくないから」

だが、息子に注意を向けたのは間違いだった。彼女の視線を追って、マテオもサイモンをじっと見つめている。ステファニーは胸に不安がせりあがってくるのを感じた。

マテオは何を見ているの？　何を考えているの？　サイモンの何かが彼に疑問をいだかせたりしたらどうしよう？

「サイモンはかわいい子だね」マテオの言葉はステファニーの思考にぐさりと突き刺さった。「年はせいぜい……八歳くらいかな？　そのわりには大きいね」

「あの子は父親似なの」ステファニーは目をそらした。「チャールズは大柄な人だったから」

「だった？」

「彼は亡くなったわ」

「すまない。知らなかった。サイモンにとってはさぞつらかっただろう」

「あの子はまだ小さかったから、それほどショックは受けなかったみたい」ぼくもほかの子みたいにお父さんがいればよかったのに。サイモンに何度そう言われたことか。だがそれは言わないまま、ステファニーは椅子を押して立ちあがった。「サイモンが退屈しないうちに城跡を見に行きましょう」

「ぼくは準備できてる《ソノ・プロント》よ、きみさえよければ」

マテオは大きな声でサイモンを呼び、少年とステファニーの先に立ってアラゴン城に続く小道へと向かった。

「さて、どっちが速く走れるかな?」挑戦的な笑いを含んだマテオの声にサイモンは逆らえず、細い道を先を争って駆けだした。

ふたりのあとを追うステファニーは胸が騒然とするのを感じた。サイモンは、自分の人生に突然現れたわくわくするような男性を尊敬のまなざしで見つめながら、声をあげて笑っている。

気をつけなさい、サイモン！　彼女は叫びたくなった。その人を好きになってはだめよ。あなたがどんなに望んでも、彼はあなたの人生の一部にはなれないんだから！

「ママ」興奮ぎみに頬をばら色に染めたサイモンが母親のところまで走って戻ってきた。

「急いでよ！　マテオが教えてくれたんだけど、このお城じゃ、捕虜を何年も地下牢に鎖でつないでたんだって。それからね、死んだ人を椅子に座らせたまま、ただ腐らせてた部屋もあるんだって。うへっ」サイモンはステファニーの手を引っ張るようにして速く歩かせようとした。「急いでってば、ママ！　このお城の見学、絶対にかっこいいよ！」

「どうしてそんなに暗い顔をしてるんだ、ステファニー？」ステファニーが追いつくと、マテオがきいた。サイモンは待ちきれずにふたりを置いて走りだした。「城跡《カステツロ》を見たくないのかい？」

「わたしは夜中に息子に起こされたくないのよ、あの子があなたから聞いた怖い話を思い出して悪い夢を見たときにね。死人を椅子に座らせたまま放置したなんて話、あの年の子供は震えあがるに決まってるでしょう」

しばらくのあいだマテオはステファニーの顔をじっと見つめていた。「もしも誰かが怖がっているとしたら、それはきみだよ。きみの息子は大いに楽しんでいるのに、あの子が楽しそうにすればするほど、きみはぼくに不安な顔を見せる。ぼくの何がそんなに落ち着かなくさせるんだ？」

「誤解よ。わたしは落ち着いてるわ」

「いいかい、ステファニー！　きみは大きく変わったかもしれない。ぼくが知っていたかわいい少女は大人になった。装いも髪型もクールな態度も、十代の子にはまねできない洗練されたものを感じさせる。でも、ひとつだけ変わっていないところがある。きみは相変わらず嘘《うそ》をつくのが下手だ」

彼は知りすぎている！「そしてあなたは昔と変わらず薄っぺらな人ね。わたしのことを何ひとつわかっていないんだから」

「わかっているとも」マテオはステファニーの髪をひと房指に巻きつけ、彼女が逃げられないようにした。「さっき昼食に寄ったトラットリアで、きみはピザをひと切れ食べるのもやっとというくらい緊張していた。まるで、ぼくがきみの目の前から息子をさらって逃げるんじゃないかと心配しているみたいに。サイモンとぼくを代わる代わる見ていた。サイモンが笑い声をあげて顔を輝かせるたびに、きみはまるで殴られでもしたみたいに顔をしかめていたじゃないか」

ステファニーの額に汗がにじみ、胸の谷間もじっとりしてきた。「たいした想像力だこと」

「想像なんかじゃない。ぼくはいつもそうだが、真実を話しているだけだ。きみはぼくを信用しようとしない。どうしてだか理解に苦しむよ」マテオの温かい手がステファニーの顎を持ちあげた。「まさか、何年も前にぼくがきみの前からいなくなったからじゃないだろうな？」

顔が熱くなるのを感じて、ステファニーはマテオの手を振り払おうとしたが、彼は顎をつかんだ手を離そうとしない。

「それが理由なのか！」マテオは低く驚きの声をあげ、魂までのぞきこむような目で彼女を見た。「昔ぼくがきみを傷つけたから、また同じことをすると思っているわけだ」

「ばかばかしい！　わたしはふられてよかったと思っているのよ。仮にあのときはそう思わなかったにしても、あとで感謝するようになったの。おかげでわたしは自分の人生を自由に生きられたんだから。だから、あなたのうぬぼれの鼻をへし折ったのなら申し訳ないけど、わたしはあなたを恐れてもいなければ、不信感も持っていないわ、マテオ。あとで考えてみたら、あなたは恋人というより友達にすぎなかったのよ」

「だったら、それを証明してもらおう」

「どうやって?」

「友達として、今夜きみをディナーに招待させてくれ。名誉挽回《ばんかい》の機会が欲しいんだ。今のぼくがどんな男か、知ってほしい。昔ぼくがどうしてあんな態度をとったか、説明させてくれ」

マテオのなめらかな声がステファニーの耳をくすぐり、胸をかき乱した。かつてふたりのあいだに燃えあがった炎と情熱に、もう一度身をまかせたくなる。

けれど彼女はもう十九歳ではない。そうした情熱がすぐに消えてしまうことを知っている。

「今のあなたがどういう人かは関係ないわ」ステファニーは彼の手を振り払い、あとずさった。「それに過去をむし返しても仕方がないでしょう」

「そうすることで、これからお互いをもっとよくわかりあえるとしても?」

「わたしたちにこれからなんてないわよ」ステファニーはぴしゃりと言った。少なくとも、それは事実だ。

「ひょっとしたら、長期的なものではないかもしれないが、きみは今月いっぱいこの島にいるんだ。たとえぼくたちが隣同士でなかったとしても、こんなに小さな島なんだから、顔を合わせる機会はたびたびありそうだ。だったら休戦しようじゃないか」彼女がためっていると、マテオはなだめすかすように言った。「何を失うっていうんだ？　友達として静かに食事したい、それだけだ。隠された目的は何もない」

この申し出を断れば、わたしは彼を恐れているという主張を肯定することになってしまう。ここは彼の誘いを受けたほうがよさそうだ。なにしろ、わたしは彼と出会ったころに比べたらずっと大人に、ずっと賢くなっているのだから。昔と同じ過ちを繰り返したりはしない。でしょう？

「あなたがそう言うのなら」どうでもいいと思っているように見えることを祈りながら、彼女は肩をすくめてみせた。

「よかった《エッチエレンテ》！　八時に迎えに行くよ」

「会うのは門の外にしましょう」

「仰せのままに、ステファニー」マテオの顔に浮かんだ笑みは皮肉っぽかったが、同時に面白がっている様子もあった。「誰にも気づかれないようにするから、安心してくれ」

マテオが選んだ店〈チルコロ・アロンジ〉は、エポメオ山の斜面に立つ十九世紀に建造された邸宅を利用した会員制のクラブだった。彼は、目の前に座ったステファニーを椅子にもたれてじっくり眺めている。

店の雰囲気は、彼女のために造られたと言ってもいいほどステファニーにぴったりだった。ショートパンツやジーンズをはいていた十代のころでも、ステファニーにはプリンセスのような気品があった。朝焼け色のドレスを着てブロンドの髪をアップにまとめ、クリスタルのイヤリングをさげた今夜の彼女は、さながらクイーンと言えばいいか。絵画が飾られた濃いクリーム色の壁や、淡い色の大理石に敷かれたきらびやかな色調のラグ、そして麻のクロスがかけられたテーブルを飾るフラワーアレンジメント。そうしたものすべてが彼女の美しさをさらに引き立てている。

ワイングラスの縁越しにマテオを見て、ステファニーは言った。「じろじろ見ないでちょうだい、マテオ」

「見ずにはいられないんだよ。きみはこの店中の男性の目を引きつけている」

「どうして？　わたし、何かひどいマナー違反でもしたかしら？」

「いや」マテオは一瞬、息もできなくなるほど激しい後悔に襲われ、首を振った。「ぼくは今、途方に暮れているんだ、ステファニー。十年前、きみにしたことを謝るべきか、それともきみがあの夏をぼくの人生で最高の夏にしてくれたことを感謝するべきかわからなくて」

ステファニーは落ち着かなげにまつげをぱちぱちさせた。肌がほんのりと赤くなる。

「その話はやめましょう。遠い昔のことよ。あなただって、今日の午後言ったばかりじゃない、わたしたちはもうあのときと同じじゃないって」

「わたしたちじゃなくて、ぼくは同じじゃないと言ったんだ。でもきみは……結局のところ、そんなに変わっていないんじゃないかな。今のきみには、少女だったころと変わっていないところがたくさんある。だけど当時のぼくは、傲慢《ごうまん》で自分勝手で、そして未熟だったから、きみのすばらしさを理解できていなかった。きみを誘惑して、きみの体面を傷つけそうになり、きみがその結果にひとりで向きあわなければならないようにした。どれをとっても自慢できることじゃない」

「結果なんて何もなかったわ」ステファニーの顔がさらに紅潮した。

「露骨なものの言い方はしたくないし」マテオがすばやく言葉をはさんだ。「不愉快な記憶を呼び覚ますのもいやだが、きみが妊娠しないよう、ぼくが避妊具を使ったからといって、そのほかの面できみを不当に扱ったという事実に変わりはない」

「あなたは正直だったのよ、マテオ」

「ぼくだったら残酷という言葉を使うね」

「わかったわ。それじゃ、残酷なほど正直だったのよ！　わたしが永遠に続く愛だと勘違いしたものを、あなたは一時的にのぼせてるだけだと考えた。それでよかったのよ！　わたしたちは最初から不釣り合いだったんだから」料理をもてあそびながら、ステファニーは無理にほほ笑んでみせた。

「プリンセスと貧乏人だから？」

「そういうわけじゃないわ。でも、わたしたちはまったく異なる世界に生まれ育って、過剰なホルモンを除いたら、共通点はないに等しかった。気を悪くしないでほしいんだけど、あなたが別れようと言いださなかったら、わたしのほうから言いだしていたはずよ」

「そしてきみは理想の結婚相手を探した」

ステファニーは窓の外に目をやり、眼下にまたたくサンタンジェロの海岸線の明かりを眺めた。「そうよ」

「ぼくがいなくなってまもなく、その相手が見つかったわけか」マテオはワインをがぶりと飲んだ。こくのある芳醇《ほうじゅん》なベルティヨンがなぜか急に苦く思えてきた。「きみが結婚したというその男のことを話してくれ」

「話すことなんかほとんどないわ。二年しか一緒にいなかったもの」

「それじゃ結局、彼は理想の結婚相手ではなかったのか」

「当時は理想の相手だと思ったのよ。彼はわたしを愛してくれているって」

「それで、きみは彼を愛していた？」

ステファニーは少し間をおいてから答えた。「愛していると自分に言い聞かせたの。家族がみんなわたしたちの結婚に賛成していたから、愛していると思いこむのは簡単だった」

「きみが急いで結婚した理由はそれか？　家族が喜ぶから？」

「いいえ。チャールズとふたりで話しあって決めたのよ。わたしは家庭を持つ準備ができていたし」

「子供を作る準備も？」

ステファニーは目を伏せ、膝を見つめた。「ええ。チャールズは赤ちゃんを欲しがっていたし。彼は、父親と言ってもいいほどわたしより年が上だったから」

マテオが知るかぎり、男性の年齢は子作りの能力とは関係ないはずだ。しかしこの話題はステファニーを困惑させたようなので、もっと前向きな話に変えることにした。「何はともあれ、しばらくのあいだ、きみは幸せだったわけだ」

「わたしはずっと幸せよ、マテオ」ステファニーは鋭い口調になった。「とても満たされた人生だもの。わたしにはサイモンがいるし、やりがいのある仕事もあるわ」

「どんな仕事をしているんだ？」

「大学の研究室で微生物の研究をしているの。わたしの祖母とずっと連絡をとりあっていたのなら、知っているかと思ったけど」

彼女が結婚したと聞いて、激しい衝撃を受け、それ以上何もきけなくなったのだが、マテオは言わずにおいた。「で、きみはそのふたつだけで満足なのか?」

「あら、それだけじゃないわ」

「たとえば?」

「わたしはすてきな街に住んでいるわ、すてきな家にね。友達もいるし、生活に困らないだけのお金もあるし、健康な体、心の平安……ほかに何が必要かしら?」

「愛は?」

「言ったでしょう、わたしにはサイモンがいるんだから」

「ぼくが言っているのは違う種類の愛だ。世の中には情熱がなくても満足できる女性もいるが、きみはそんなタイプじゃない。きみは男性に愛されるよう生まれついた女性だ」

「わたし、恋愛や結婚に費やしている時間はないの。母親の役割を果たすだけで精いっぱいだもの。それに、男性はたいていほかの男性の子供を引きとりたがらないし」

「そんなことはないだろう、問題の子供がサイモンみたいに、かわいくて愛すべき子の場合は。それに男の子には父親が必要だ。正しい方向へと導いてくれる存在が」

マテオに悪気はなかったのだが、ステファニーにはたっぷり悪意が感じられた。

「そうかしら?」彼女は噛《か》みつくように言った。急にぶるぶると震えだした手からナイフとフォークが音をたてて皿の上に落ちた。「専門的なご忠告をありがとう。でもおかげさまで、サイモンは導いてくれる存在が母親だけでも、とてもいい子に育っているわ」

マテオは降参のしるしに両手を上げた。「気を悪くさせたのならすまない。ぼくは……」

「もうこれ以上何も聞きたくないわ、マテオ！」見るからにとり乱した様子で、ステファニーは勢いよく立ちあがった。「あなたの誘いを受けたのが間違いだった。今夜のことは最初から後悔するのが目に見えていたのに」

「ステファニー、待ってくれ！」彼女のかんしゃくに驚き、マテオはつい大声を出した。だが、気がつくと彼は誰もいない空間に向かって叫んでいた。ばら色のシルクをひるがえし、ステファニーは駆けだしていた。ナプキンをテーブルに投げ、マテオはあとを追った。

もう少しで彼女に追いつきそうだった。しかしあと一歩のところで、ステファニーは女性用化粧室にすべりこんだ。入口のドアがマテオの目の前で音をたてて閉まった。

3

「今夜はそこに泊まるつもりかと心配しはじめていたところだよ」ステファニーがようやく、避難所である女性用化粧室から出てくると、待っていたマテオが言った。「ステファニー、気分を害するようなことを言って悪かった。きみを非難するつもりはまったくなかったんだ」

彼の言葉に対する動揺を隠すため、ステファニーは無理して笑みをとりつくろった。

「あなただけが悪かったわけじゃないわ。わたしも過剰反応してしまったみたい。母親って、とりわけシングルマザーは、部外者から攻撃されたと感じると、過剰に反応してしまうのよ」

マテオの黒い眉がつりあがった。「部外者？」彼の声はあたかもステファニーにナイフで胸を突き刺されて傷ついたかのように聞こえた。「ぼくはあっというまに友人から部外者に格下げされてしまったのか？」

「たぶん、わたしたちのあいだに友人関係が成り立つと考えたのが間違いだったのよ」

「そんなことはない！」マテオは両手で彼女の手を包みこんだ。「ぼくはきみを、女性としても母親としても、心からすばらしいと思っているし、きみを苦しめたいなんて気持ちはさらさらない。たとえほかの言葉は信じられなくても、これだけは信じてくれ」

残念ながら、ステファニーはマテオの言葉を信じた。彼はたしかに、かつて彼女の純潔と心を奪った男性とは違う。以前は感じられなかった温かみや思いやりが感じられる。おまけに魅力は少しも減っていない。成熟は傲慢《ごうまん》さをやわらげると同時に、マテオを以前よりもさらにセクシーに、そしてますます危険な存在にしていた。

「それについては考えてみるわ」彼から手を引っこめながら、ステファニーはつとめて軽い調子を装った。「でも今は、わたしを別荘《ヴィラ》まで送ってもらいたいの」

「もう？　その前にコーヒーと食後のグラッパを一緒に飲んでくれと言ってもだめかい？」

「やめておいたほうがよさそうな気がするわ。グラッパってなんだか知らないけど、罪深い響きがあるもの」

「ぶどうの茎から作った、イタリアのブランデーだよ。適量を飲むかぎり害はないし、ディナーのいい締めくくりになる」彼女の肘に手を添えると、マテオはステファニーを大理石の大きな階段へといざなった。「それに、たまにちょっとした罪を犯したところで、どうってことはないさ」

「でももう遅いわ」ステファニーの抗議は形ばかりだった。

マテオは声をあげて笑った。「まだ十時にもなっていないよ、ステファニー。この国じゃ、やっとディナーの時間になったところだ」

「それでも、わたしがいつもベッドに入る時間を過ぎているのよ」

「きみはもう門限を守らなければならない年齢ではなくなったと思っていたんだがな。まさかお父さんが、きみの帰りを起きて待っているわけじゃないだろう?」

「ええ。両親とヴィクターとアンドリューはフォリオに夕食に出かけたんだけど、わたしは一緒に行くのを断ったの。わたしがあなたと一緒にいることを知っているのは祖母だけよ。祖母がサイモンの面倒を見てくれているわ」

「なるほど」マテオはまつげを伏せ、目に浮かんだ表情を隠した。「つまり、きみは今も、自分がつきあう人間は家族から認められないんじゃないかと心配しているわけだ」

「昔と変わったのはあなただけじゃないのよ、マテオ」ステファニーはきつい口調になった。「あなたがどう思おうと、わたしは大人になったわ。わたしの人生はわたし自身のものよ。わたしは自分が一緒に過ごしたいと思った人と一緒に過ごすわ。ただ、あなたとディナーに出かけると騒いで、言われなくてもいいことを言われる必要はない、そう考えただけよ」

「それなら、騒がずにコーヒーとブランデーで品よくディナーを締めくくろう」マテオはほほ笑み、ステファニーの全身に視線を走らせた。「きみをみんなに見せびらかしたいと感じても、ぼくを責めることはできないよ、いとしい人《カーラ》。こんなに美しい女性をエスコートできるのは、そうそうあることじゃないからね」

その笑顔とけだるそうなまなざしの前に、ステファニーの自衛本能はこなごなに砕け、彼女はマテオにいざなわれるまま階段を上って、やわらかなシャンデリアの明かりが輝くラウンジに入った。

ウエイターと短く言葉を交わすと、マテオは彼女を静かなアルコーブの席へと連れていった。ふたりが腰を下ろすなり、先ほどのウエイターが真鍮《しんちゅう》の小さなワゴンを押してきた。銀のコーヒーポット、透光性のある陶器のデミタスカップ、そしてグラッパが入っているらしきデカンタとシャンパングラスに似た細長いグラスがのっている。

「グラッパを初めて飲むきみのために、アリアニコを選んでみた」マテオはグラスにグラッパをついでステファニーにさしだした。「果樹園のようなフローラルな香りがあるから、楽しんでもらえると思うよ。乾杯《サルーテ》！」

ためらいがちに飲んでみたステファニーは、喉が焼けるような感じに、たちまちむせ返った。「なに、これ！　炎を飲むようなものだって言っておいてくれなきゃ！」ようやく口がきけるようになると、彼女はあえぎながら言った。

「でも、この炎は手なずけることができるんだ、ステファニー。次はほんのちょっとだけ口に含んでごらん。すぐには飲みこまずに……舌の上でころがしてみて」

眠気を誘うような声の調子が、彼に初めてキスされたときの記憶を呼び覚ました。〝口を開けて、ステファニー……きみを味わわせてくれ……〟

傍目《はため》にも性的にかきたてられたとわかる震えがステファニーの体に走った。自分にいやけがさし、彼女はグラスをとりあげると、もう一度唇に当てた。喉に穴があいてもかまわない。過去のセクシーな記憶を静められるなら。

「ゆっくりだよ、いとしい人《カーラ》」マテオが喉を鳴らすような声で言う。「そう……そうだ。そしてしばらく口に含んで。目を閉じて、よく味わってごらん」

彼の言うとおりにするつもりなどなかった。ところが驚いたことに、ステファニーのまぶたは震えながら下がり、シャンデリアの控えめな明かりを視界から締めだした。けれど悲しいことに、彼女のまぶたに生き生きとよみがえってくるさまざまな情景までは締めだしてくれなかった。

ステファニーの脳裏には、ふたたび厩舎《きゆうしや》の二階が浮かびあがっていた。梁《はり》から下がった角灯の黄色い明かりが干し草を照らしている。そして何も身につけず彼女の傍らに横たわるマテオ。彼がステファニーの手をつかみ、彼の脚の付け根に肌が触れるほど、力強い高まりに指先が触れるほど引き寄せる。

彼のささやく声が時をさかのぼって耳にこだまする。〝ぼくに触れてくれ、ステファニ

――……ぼくを感じて……愛撫《あいぶ》してくれ……〟

ステファニーがとくによく覚えているのは、あの午後だった。その日、マテオに誘われて干し草置き場に上がった彼女が彼と愛を交わしていたとき、祖父が厩舎に入ってきたのだ。見つかるのではないかとぞっとし、ステファニーは体を離そうとした。ところが、マテオは自分の体でステファニーを押さえつけたまま、だめだというように首を横に振った。彼女の目を見つめてにやりと笑い、ステファニーのなかに侵入して腰を動かし、彼女を耐えられないほど刺激した。

ステファニーは何も感じまいとしたが、危機感が彼女の性的な渇望感をますます高めた。努力もむなしく、絶頂が迫ってきた。一キロ先からでも聞こえそうなほど、胸の鼓動が激しくなる。そしてステファニーがついに耐えきれなくなったとき、マテオは彼女の口を手でふさぎ、思わずもれた喜びのうめき声を封じこめた。

「どうする、ステファニー？」

苦労しながら目の焦点を合わせると、マテオが見つめていた。「どうするって、何が？」

「もう少しグラッパを飲むかときいたんだよ」

絶対にだめよ！　わたしはお酒に強いほうじゃないし、この飲み物は死ぬほど強い！　これはわたしの分別を奪って、危険な遊びを魅力的に感じさせる。でも緊張を解きほぐして、すぐにぴりぴりするのを抑えてくれる効果もある。

「そうね……あとほんのちょっとだけ。これはとても強いから」

「ああ《シ》。きみは初めてだから、少し衝撃を受けたかもしれない。でも慣れると、おいしくなってくるだろう？」

〝痛かったかい、ステファニー？〟彼女からバージンを奪った夜、マテオはそうささやいた。〝ごめん、次はもっとよくなると約束する……次はきみもエクスタシーを感じて、ぼくたちにとってすばらしいものになる……〟

「そのとおりになったわ！」

「えっ？《スクーザ》」マテオがじっと見つめていた。当惑した様子で眉根を寄せている。

ステファニーは息をのみ、思い出の断片をしまいこもうとしたが、それらはまざまざと彼女の心を貫いた。彼女の胸にキスをするマテオの唇、脚のあいだを探る手。彼が入ってきたときの突き刺すような痛みと、それに続く炎のような熱さ。彼女の苦痛のあえぎと、それをのみこんだマテオの絶頂に達した低いうめき声。

「あなたの言うとおりよ」ステファニーは口ごもりつつ言い直した。「慣れるとおいしくなるってことだけど。グラッパが……」

「だろう」マテオは銀のコーヒーポットを持ちあげた。「そしてエスプレッソとよく合うんだ」

マテオの声は笑いを含んでいる。彼はわたしのことを面白がっているに違いないとステファニーは思った。

「ところで」エスプレッソをつぎおえると、マテオは椅子に深々と沈みこんだ。「ヴィラ・エレナの住み心地はどうだい？」

「とてもいいわ。あのなかは本当に美しいのよ。入ってみたことある？」

マテオの口元に笑みが広がった。「何度かあるよ。きみの言うとおり、あそこは本当に美しい」

エスプレッソは飲めないほど熱かった。ステファニーはカップを下ろし、またグラッパをひと口飲んだ。「あなたのコテージはどんなふうなの？」

「とても快適だよ。よければ、今度喜んでなかを見せるけど」

ステファニーの体に許されない喜びの震えが走った。彼女はそれを無視しようとつとめ、澄ました口調で言った。「あそこにはひとりで住んでいるんでしょう？」

「ああ」

「結婚したいと思ったことはないの？」

「ないね」

「寂しくなることは？」

マテオは手に持ったグラスを見つめた。顔を上げたとき、彼の黒い瞳には相変わらず面白がっているような色が躍っていた。「男が独身でひとり暮らしをしているからといって、女性がいないとはかぎらないんだよ、いとしい人《カーラ》」

「そんなことわかってるわ！　わたしをどこまでうぶだと思ってるの？」

「きみがぼくに信じさせようとしているよりは、ずっとうぶなんじゃないかな。きみは感じたことがそのまま顔に出るから」

ステファニーはもう一度グラスを手にとり、グラッパをたっぷり口に含むと、彼に教えられたとおり、飲みこむ前に口のなかでよく味わった。「わたしのことをよく知っているつもりらしいけど、でも正直に言わせてもらえば、あなたの考えは的はずれもいいところよ」

「きみは精神的に落ちこみやすいし、拒絶されることに弱い。ぼくと別れてからすぐに、父親と言ってもいいほど年の離れた男性と結婚したのも、そのせいじゃないのか。その男は安心と安定感の象徴だったのさ。あのとき、ぼくがきみに与えられなかった――与えようとしなかったものの」

「そう信じていれば気分がいいのなら、どうぞご勝手に」

ああ、いやだ。わたしったら、少しろれつがあやしくなってきた。〝いいのなら〟を〝いいのらら〟と言わなかった？

彼女の舌がうまくまわらなくなっていることに気づいたとしても、マテオはそんなそぶりなど見せなかった。「それはそうと、今は亡き短期間のご主人とはどうやって知りあったんだ？　きみはたしか、お父さんが教えている大学で勉強するつもりだと言っていたね」

「気が変わって、カナダの西海岸に移ったの。チャールズは、わたしが通っていた大学の教授だったのよ」

「教える立場にいる人間が教えられる側の学生と恋愛関係に陥るのは、職業倫理的にまずいんじゃないのかい？」

「倫理について語る資格があなたにあるかしら」ステファニーはばかにした言い方をし、グラッパをもうひと口飲んだ。「少なくとも彼は逃げたりしなかったわ。わたしが……」

ステファニーはもう少しで口をすべらせそうになった。ぞっとして唇を引き結ぶ。

「先を続けてくれ」マテオがうながす。「きみがどうしたって？」

ついさっきまでグラッパのせいで心地よいほろ酔い気分になっていたとしても、あっというまに醒《さ》めてしまった。自分で自分を窮地に追いこむとは。そこから脱出するには鉄面皮の態度しかない、とステファニーは決心した。

「わたしが妊娠していることがわかったからよ、マテオ。そうなの、わたしたちは結婚するしかなかったの」

「そうだったのか」

「あら、びっくりした顔をしないで！　最高のカップルにだって起こりうることですもの。

それに、そもそもわたしにセックスの喜びを教えたのはあなたなのよ。わたしがそれを好きになっても、そんなに驚くことはないでしょう」

「グラッパも好きになったようだし」マテオはいかめしい口調で言うと、グラスをステファニーの手が届かないところまで遠ざけた。「もっと声を落としてくれ。きみの十代の功績をここにいる客全員に知らせる必要はないんだから」

アルコーブとラウンジを隔てている衝立《ついたて》のすきまからのぞくと、客の頭がいくつもこちらを向いていた。ステファニーは死にたくなるほどぞっとした。

「それにしても、きみの夫という男は……」マテオが不快そうな声をもらした。「いい年をして若い女性を利用するとは」

「そんなんじゃなかったのよ」ステファニーは説明しなければと思った。「利用するだなんて。チャールズは悪い人じゃないわ。ただ、出会ったとき、わたしたちはどちらも……精神的にもろくなっていたから。あなたとの別れを、わたしはものすごく深刻に受けとめたわ。十代のうちは、初恋が終わったときに自分の人生も終わったと考えがちだし、わたしもその例外ではなかった」

「それで、彼の言い訳は？　中年のあせりから、若さをとり戻すために幼妻を探していたとでも？」

「チャールズは交通事故で奥さんと娘を同時に亡くしたばかりだったのよ。もしもあなたが何かレッテルを貼《は》りたいのなら、わたしたちはふたりとも、反動から親密になったという部類に入るわ。誰か寄りかかれる人、互いの痛みを理解して忘れさせてくれる人が欲しかったの。その結果、たとえ結婚しても人生はもとには戻らないと気づく前に、結婚に踏みきってしまったのよ」

「そして息子が生まれた」

「ええ」感情のこもらない声で言う。「息子が生まれたわ」

「でもその息子は、両親が結婚生活を続けようと考える動機にはならなかった」

「ときにはね、マテオ」ステファニーはため息まじりに言った。「前に進むために、失うものが少ないうちにあきらめるしかない場合だってあるんだから。わたしたちがしたのはそれよ」

「息子を犠牲にして」マテオは首を振った。「子供にとっていちばん大切なのは、両親がそろっていることだと思わないのか?」

ステファニーは懸命に落ち着いた口調を保とうとした。「家族のあり方について、どうしてあなたがそんなに専門家ぶったことが言えるのか、わからないけど、わたしもこれだけは言えるわ。チャールズとわたしは簡単に結論を出したわけじゃなかった。サイモンは幸せな暮らしを送っているし、自分が心から愛されていることを知っているわ。結局、大事なのはそこでしょう」

おもむろに自分のコーヒーカップをワゴンに置くと、ステファニーはバッグをつかみ、椅子から立ちあがった。

「この問題について、わたしたちの意見が一致することはなさそうだわ。これ以上この話を続けても無駄よ。もうヴィラまで送ってちょうだい」

「いいとも」マテオも立ちあがった。「きみは疲れているようだ」

ヴィラへ戻る車中、ステファニーはマテオとひと言も言葉を交わさなかったが、彼がときおりちらちらと自分を見ているのは気づいていた。だがステファニーはまっすぐ前を見つめたまま、彼の視線に気づかないふりをした。

ヴィラの前に車を止めると、マテオはすばやく運転席から降りたち、前をまわって助手席側のドアを開けた。

「ありがとう」ステファニーは言った。「食事はとてもおいしかったし、楽しい時間を過ごせたわ……だいたいにおいてはね」

「きみがいるあいだに、また出かけよう」

誘惑と警戒心の板ばさみになり、ステファニーはためらった。結局、早く門のなかに入ったほうが安全だと考え、くるりと背を向ける。「ほどほどにしておいたほうがいいわ。あなたも言ったとおり、わたしは人から批判されるのが苦手なの。あなたは相手にとってうれしくない意見を黙っていられるタイプじゃないでしょう」

マテオがすぐ後ろにいるとはステファニーは思っていなかった。彼の息が羽根のように軽くうなじをくすぐる。

「もしもぼくが、きみの過去にはいっさい触れない、きみと一緒にいられる喜びだけに気持ちを集中する、と約束したら、気を変えてくれるかい？」マテオは彼女の肩に両手を置いた。

体が小刻みに震えだす。ステファニーが心を決めかねているのを察して、マテオは手に力をこめ、彼女を自分のほうに向かせた。

「イエスと言ってくれ、ステファニー」

尊大な目で彼を見つめ、重ねて断るつもりで、ステファニーは顔を上げた。ところが、唇を重ねられたとたん、われを忘れてしまった。

頭のなかをあまたの星が流れ、彼女はなすすべもなく彼にしがみついた。

マテオの手がウエストまで這《は》いおり、彼女をきつく抱きしめた。

「イエスと言ってくれ」小さな声でもう一度繰り返す。

「イエスよ」ステファニーはささやき返し、このすばらしい瞬間を引きのばすためなら、どんなことでもしたいと思った。マテオのたくましい体をふたたび自分の体に感じている。彼の唇が飢えたように激しく唇をむさぼっている。今大事なのはそれだけだった。「イエスよ！」

マテオに教えられた、あの舞いあがるような喜びを、ふたたび経験できる日は来るのだろうか。そう考えながらひとりベッドに横たわった長くうつろな年月。それは彼の熱いキスによって、あっというまにどこかへ消え去った。

ステファニーは大胆な気持ちになり、マテオの首に腕をまわした。彼の髪に触れ、肌の香りを吸いこむために。彼と同じように思う存分キスを味わうため。彼と体をぴったり重ねるために。

しばらくしてマテオが彼女の顔を両手で包み、月明かりに目をきらきら輝かせながら、ステファニーを見下ろした。

「本当に十年もたったのかな、最愛の人《カリッシマ》」彼はつぶやくように言った。「きみがぼくのものになったのは、きのうのことのような気もする。もう一度ぼくとやり直してみる気はある?」

震える指で彼の唇をたどりながら、ステファニーにはありありと見えていた。ふたりが情熱を再燃させたらどうなるか。今夜彼が言ったことから考えても、マテオは彼に息子がいることを隠してきたわたしを絶対に許さないだろう。

「運命に逆らうようなまねはしないほうがいいわ」急にこみあげてきた涙をまばたきで追いやる。「終わったことよ。そのままにしておきましょう」

一瞬、マテオは反論しそうになった。だが一歩下がり、ステファニーを放した。「今夜のところはそうしておこう。だけど警告しておく。明日は明日だ。ぼくは簡単に負けを認める男じゃない」

4

翌日の朝、祖母がステファニーに言った。「きのう、あなたたちが出かけているあいだに、お隣のコリーナがいらしてね、今日の昼食にわたしたちみんなを招待してくださったの。サイモンもぜひ一緒にですって」

ステファニーは、何かもっともらしい口実を見つけて断れないものかと思った。隣家の女性には反感も何もなかったが、またマテオと顔を合わせる危険は冒したくない。ゆうべ学んだことがあるとすれば、それは彼とは絶対に距離をおかなければいけないということだ。マテオには麻薬のように人を依存症状にさせる力がある。

ステファニーがためらっているのを見て、祖母は声をあげて笑った。「コリーナはとてもすてきな女性よ。あなたのおじいさんはすっかり彼女に夢中になってしまったわ。あなたもコリーナのことが好きになるはずよ」

「ええ、そうでしょうね」ステファニーは唇を噛《か》んだ。マテオは庭師用のコテージを借りているのであって、母屋で暮らしているわけではないし、今日は外出している可能性もある。

「いったい何を迷っているの？　わたしたちと一緒に過ごすのは退屈？」

「もちろんそんなことはないわ！」今回の家族の再会に祖母が大きな期待を寄せていることは、よくわかっている。

「じゃあ、一緒に行ってくれるわね？」

「ええ、楽しみだわ」ステファニーは、せっかくの機会をマテオが台なしにするのではないかという考えを徹底的に無視しようとした。

「よかった！　正午にうかがうことになっているの。庭でランチをいただくから、カジュアルな格好でどうぞですって」

ステファニーがサイモンを連れて階下に下りていったときには、すでに家族全員テラスに集まっていた。

「さあ、しなければいけないことなら、さっさと終わらせてしまおう」父がひどく不機嫌そうな顔で言った。「行儀よくするんだぞ、サイモン。わたしが何よりも耐えられないのは行儀の悪い子供だ。口に食べ物を入れたまましゃべってはいけない。それから、テーブルに肘をつくのもだめだ。忘れるんじゃないぞ」

「そこまでにしないか、ブルース」祖父がぴしゃりと命じた。「ステファニーがサイモンを立派にしつけていることは、この数日でみんなよくわかったじゃないか」

「パーティが長引かないよう祈るよ」花がたれさがるつる棚《パーゴラ》の下を通って隣家へと歩いていく途中、ヴィクターがうんざりした口調でもらした。「孤独な女性に死んだ夫の話をえんえんと聞かされるなんて、楽しくもなんともない」

それを聞いて、祖母が言った。「だったら、うれしい驚きが待っているに違いありませんよ、ヴィクター。誰もが、あなたみたいに自分のことばかり考えているわけじゃありませんからね」

「女性はみんな自分のことしか考えていないさ」ヴィクターは言い返した。「ぼくが結婚しないのはそのせいなんだから」

手入れの行き届いた庭に立つ隣家の母屋は、レモン色の漆喰《しっくい》壁にブーゲンビリアがからまる美しい建物だった。長い楕円《だえん》形のプールのそばに短い石段があり、その上はテラスになっていた。錬鉄製の凝った椅子やテーブルが置かれ、明るいオレンジ色のパラソルが立てられている。

ステファニーたちが近づいていくと、あざやかな色のおうむが止まり木の上で飛びはねながら甲高い声で鳴いた。「やあ《チャオ》！ いらっしゃい《アヴァンティ》！ いらっしゃい《アヴァンティ》！」

それを合図に家のなかからひとりの女性が現れ、石段を下りてきた。「こんにちは《ボン・ジョルノ》！」

彼女は深みのある美しい声で挨拶《あいさつ》した。「レイランドご夫妻、おいでくださってありがとうございます」

「やあ《チャオ》！」おうむがもう一度甲高い声で鳴いた。意地の悪い、ねたましそうな目でサイモンを見つめている。「結婚してる？《エ・スポザート》」

女性は陽気に笑った。「いいえ、グイード、こちらの若いシニョーレは独身よ！」

相変わらずサイモンを見つめたまま、グイードは鳥かごの端まで寄り、冠毛を逆立てた。

「きみの名前は《コメ・シ・キアマ》、いとしい人《インナモラート》？」

「あなたの名前を教えてほしいんですって、シニョーレ」女主人がほほ笑みながら言う。

「サイモン・マシュー・レイランド＝オーウェンです」サイモンがていねいに答えると、ステファニーは小さく身を縮めた。息子のミドルネームに英語で父親と同じ名前をつけたのは、あまり賢明な思いつきではなかった気がしてきた。

　女主人はその偶然の一致に気づいたとしても、何も言わなかった。「よろしく、サイモン」彼女の発音は〝シーモン〟のように聞こえ、その響きはなんとなく音楽的だった。

「わたしはシニョーラ・ルッソよ。でもコリーナと呼んでちょうだい」

コリーナはサイモンの両手をぎゅっと握ってから、残りの全員を抱くように優美な腕を広げた。

「みなさん、ヴィラ・アウレリアへようこそ！」

にぎやかに挨拶が交わされているあいだ、ステファニーは〝夫を亡くした妻〟という言葉に対する自分の定義を急いで修正した。シニョーラ・ルッソが身につけているストラップレスの白いサンドレスからは、きれいに日焼けした肌が大きく露出しており、黒く輝く髪が形のいい肩のまわりで揺れている。エキゾティックなトパーズ色の瞳、吸いこまれそうな笑顔、そして長くすらりとした脚。それらは退屈なイタリア人の独身女性という典型的なイメージからはかけ離れていた。

息をのむほど洗練された四十がらみのこの女性は、マテオの雇主であり、同じ敷地内に住む隣人なのだ。

ステファニーがマテオのことをちらっと考えたせいかどうか、すぐに彼とわかる長身の人影が家のなかから現れ、テラスのほうへ歩いてきた。

「こんにちは《ブオン・ジョルノ》！」その様子はすっかりくつろいだもてなし役のようだ。カーキ色のショートパンツに青い開襟の半袖《そで》シャツという格好で、彼は身をかがめてステファニーの祖母の頬にキスをした。

「おひさしぶりです、シニョーラ・アンナ」それから祖父に向き直って握手をする。「シニョール・ブランドン、お元気そうで何よりです」

「わざわざ紹介するまでもなさそうね」コリーナが言った。「みなさんが最後にマテオにお会いになったのは何年も前のことだと思いますけど、彼が絶対に忘れられない友人だということに関しては、ご賛同いただけるに違いありませんわね」

友人ですって！　コリーナがマテオの腕に腕をからませ、彼にもたれかかるのを見て、ステファニーはいらだちをおぼえた。

ゆうべ、マテオはなんて言ったかしら？　〝男が独身でひとり暮らしをしているからといって、女性がいないとはかぎらない……〟あのときは彼の言葉の真意がわかっていなかったとしても、今はっきりした！

妹の動揺には気づかず、アンドリューが愛想よく会釈した。「また会えてうれしいよ、マテオ」

「デ・ルーカか」ステファニーの父は握手の手をさしだしたものの、まるで腐った魚を渡されたかのように鼻にしわを寄せている。

いつでも父をまねるヴィクターも、とりあえずマテオと握手をした。「ここで会うとは意外だったな、デ・ルーカ。きみが顔を出すようなパーティだとは思わなかったものでね」

「まあ、イタリア人の田舎者がどんなふうかはご存じでしょう」マテオは物憂げに言いながら、笑顔のサイモンとハイタッチをした。「ただで食事ができる機会があれば、真っ先に列に並ぶのがイタリア人だからね」

マテオがヴィクターをさらにあおるようなことを言ったので、ステファニーは彼を引っぱたきたくなった。

ところがコリーナは、彼の返事をとても愉快だと考えたようだ。「いとしい人《カーロ》、本当におかしなことを言うのね！　いいからお行儀よくもてなし役をつとめてちょうだい。バプティステが昼食を出してくれるまで、まだ少し時間があるけど、とりあえずワインをいただきましょう」

マテオは称賛のこもったほほ笑みをコリーナに向けた。「そうしよう《シ》」

昨夜、彼はステファニーにもまったく同じようにほほ笑みかけた。あたかもこの世に女性は彼女ひとりしかいないかのように。本当は大勢のなかのひとりにすぎなかったのだ。目の前の光景を見ているのが耐えられなくなり、ステファニーは視線をそらした。

「それじゃ、あなたが給仕してちょうだい」コリーナが猫撫《な》で声で言う。

彼女は長椅子に腰を下ろし、サイモンを手招きした。サイモンは喜んで隣に座った。

「さて、ハンサムな若いお友達」コリーナはサイモンの額にかかった髪をかきあげた。

「あなたにはワインはまだ早すぎるけど、マテオの話だとリモナータが好きなんですってね？　カナダではレモネードというんだったかしら」

「はい」

「じゃあ、こんなに暑い日ですもの、一杯飲みたくならない？」

「飲みたい」答えてすぐ、祖父に厳しい口調で思い出させられる前につけ加えた。「お願《プ》いし《リーズ》ます」

ステファニーがアンドリューと立っているところに、ヴィクターが加わり、低い声で尋ねた。「どうしてデ・ルーカがサイモンの好きなものを知っているんだ?」

明らかに愛想を尽かしたアンドリューが目をぐるっとまわした。「たぶん、ぼくもそうだけど、レモネードが嫌いな子供なんてひとりも知らないからじゃないのか。いいかげんにしろよ、ヴィクター。たまには人を疑ってかかるのをやめたらどうだ!」

アンドリューは、ワインのコルクを抜いているマテオを手伝いに行ってしまった。

ヴィクターは弟の後ろ姿をにらみつけた。「アンドリューは昔から人を見る目がないからな。ステファニー、いいか、デ・ルーカはずうずうしい日和見主義者だ。つきあう相手をもう少し慎重に選んだほうが、おまえ自身とサイモンのためだぞ」

ヴィクターはさらにくどくどと何か言っていたが、ステファニーはほとんど聞いていなかった。コリーナがにっこり笑ってサイモンの頬を両手で包み、その顔をじっと観察しているのを見て、ステファニーは凍りついた。

しばらくして、コリーナが物思いにふけったようにつぶやいた。「とてもビオンドなのに、なぜか、とっても……ファミリアーレだわ……。どういうことかしら、かわいいサイモン・マシュー、あなたを見ていると、前に会ったことがある気がして仕方がないんだけど?」

その瞬間、ステファニーの血がすっと冷たくなった。〝ビオンド〟の意味はわからなくても、〝ファミリアーレ〟は訳してもらうまでもない。〝似ている〟という意味だ。サイモンとマテオに似ているところはまったくないと思っていたけれど、コリーナは図らずも何かを見つけたに違いない。

お願いだから、よけいなことに首を突っこまないで！　ステファニーは無言でコリーナに訴えようとした。しかしコリーナの視線は、アンドリューと一緒にグラスをトレイにのせているマテオのほうへと泳いだ。

次に起こるかもしれないことを考えて、ステファニーは緊張した。

ところが、コリーナはただ首を振ってサイモンに目を戻した。「さあ、あなたのおじさんがリモナータを持ってきてくれたわよ、かわいい坊や《ミオ・ベッロ・ラガッツォ》。これを飲んだら、池のそばか、グイードの鳥かごの向こうの庭で遊んでらっしゃい。蝶《ちょう》や鳥がいるのよ。あなたよりずっと年上の退屈なおばさんの相手をしていたんじゃ、飽きてしまうでしょう」

退屈なおばさんですって！　ステファニーの目から見れば、コリーナはソフィア・ローレンも顔負けの魅力的な女性だというのに。

レモネードを飲んだサイモンはうきうきした様子で長椅子から下り、庭を探検しに走っていった。マテオがみんなにグラスを配りはじめると、コリーナは優雅な女主人役に戻った。

「わたしたちが今日ご用意したのは、ビアンコレッラ――この島のおいしい白ワインのひとつです。みなさんに楽しんでいただけると、わたしたちもうれしいですわ」

わたしたち、わたしたち！　いっそのこと、マテオの額に〝売約ずみ〟の札を貼《は》ればいいのに。コリーナが、彼はわたしのものよと言わんばかりにマテオの胸に手を置くのを見て、ステファニーは胃がむかむかしてきた。マテオも庭師用のコテージに住んでいるなんて作り話をしなくてもいいのに。夜はたいてい、コリーナのベッドで過ごしているに違いないんだから！

「グラスに蝿《はえ》でも入っているのかい？」

みじめな物思いにふけっていたステファニーは、マテオが近づいてきたことに気づかなかった。「いいえ」マテオがほかのみんなと彼女のあいだに盾のように立ちはだかってい る。「どうしてそんなふうに思うの？」

「きみがなんだか面白くなさそうな顔をしているからさ。ワインが好みに合わないのかい？」

「わからないわ。まだ飲んでないから」

「どうして？　ワインを飲んだら、友好的な気分になりそうで怖いのか？　とりわけぼくに対して」

「なんのことかしら。わたしの気分はなんともないわよ」

「とぼけるな」マテオはもう一歩ステファニーに近づき、あつかましくも彼女のふくらはぎに自分のふくらはぎをこすりあわせた。「近くの木にぼくを吊《つ》るしたそうな顔をして、いったいぼくが何をしたっていうんだ?」

マテオの温かい肌が脚に触れると、ステファニーは息が苦しくなった。彼の手に内腿を触れてほしくて、脚を開きたくなる。そんなショッキングな考えが頭に浮かんだとたん、全身に欲望のさざ波が広がった。ああ、この人はわたしをおかしくさせる!

「だって、あなたが許しがたいほどなれなれしい態度をとっているからよ!」彼女は弱々しい声で叫んだ。「今すぐ脚をどかして」

「残念ながら、そいつは無理だ。ぼくの脚は体の一部なんでね」

「わたしの言いたいことはよくわかっているはずよ、マテオ。聞き分けの悪い子供みたいなことを言うのはやめて」

「きみこそ、ヴィクトリア女王時代の家庭教師みたいな口ぶりはやめろ」マテオはさらにぴったりと脚をくっつけた。「この清楚《せいそ》な雰囲気のドレスをぼくがどうしたいと思っているか、教えようか?」

「けっこうよ」体がかっと熱くなるのをステファニーは無視しようとした。

「小さなボタンをひとつずつはずして、美しい胸をむきだしにしたい。ドレスの裾《すそ》を持ちあげ、熱くやわらかな体に指を這《は》わせて、きみが早くと懇願するまで愛撫《あいぶ》したい」

あなたはもうわたしと愛を交わしているも同然でしょう! 高まる期待に、ステファニーの体は小刻みに震えだした。今座っている椅子から立ちあがることもできない。なぜなら、熱をおびた脚の付け根が誰でもそれとわかる染みをドレスに作っているに違いないから！

「やめて！」彼女は懇願した。「みんなに聞こえたら、どうするの？」

「聞こえないさ。見てみろよ。みんな、ぼくたちがここにいることも気づいていない」

マテオがわずかに体をずらすと、コリーナがみんなに囲まれているのが見えた。〝あなたのおじいさんはすっかり彼女に夢中になってしまったわ〟と祖母が言っていたのが思い出された。でも、コリーナに夢中なのは祖父だけではなさそうだ。父もヴィクターもアンドリューまでも、彼女の魔法にかかってしまっている。

「あなたの……ガールフレンドは、彼女の家であなたが別の女性を誘惑しようとしていることを知ったら、喜ばないと思うけど」

マテオが一歩あとずさったので、彼のぬくもりを感じられなくなったステファニーは、ぞくっと身震いした。

「きみの言葉の選び方は気に入らないな」マテオは冷ややかに言った。「コリーナはレディだし、ぼくの大事な友人だ。もしも彼女に嫉妬《しっと》しているのなら――まあ、きみの辛辣《しんらつ》な口調からすると、しているようだが――それは、コリーナがきみみたいに相手を見くびったりしない、寛大でよくできた女性だからだよ」

ステファニーは傷ついた。「あなたにそんなことを言われる筋合いはないわ、マテオ。それに断っておきますけど、わたしはシニョーラ・ルッソに嫉妬なんかしてませんから。率直に言って、あなたが彼女との間柄をなんと呼ぼうと、興味はないわ。でも、彼女があなたを自分のもののように見せびらかしているのは誰の目にも明らかよ」

「ひょっとしたらそうかもしれない」マテオは謎《なぞ》めいた言い方をした。「教えてほしいんだけど、どうしてそんなことを気にするんだ?」

「なぜなら、あなたはもう少しましな人間だと思っていたからよ、裕福な女性のジゴロになったりするよりはね!」

マテオの顔から血の気がうせた。ステファニーは自分の口からすべり出た侮辱の言葉にぞっとし、片手で口を覆った。

わたしは何にとりつかれてしまったの?

ステファニーは視線を上げ、無言で許しを求めたが、マテオはさらにあとずさり、嫌悪に満ちた目でにらんでいる。

「わかった! もうこれ以上何も聞きたくない!」

彼はみんなのところへ戻っていき、あとに残されたステファニーは気分が悪くなった。よろよろと立ちあがると、マテオとは反対のテラスの石段のほうへ歩きだした。誰にも気づかれないうちに、ここから立ち去りたい。今は、マテオともコリーナとも顔を合わせることなどできそうもない。

ステファニーは額に手をかざし、プールから庭を見渡した。サイモンはどこに行ったのかしら？　あの子を置いて帰るわけにはいかない。

すると、優美な細い手が腕に添えられた。「あなたの坊やなら安全よ、ステファニー」コリーナだった。「遠くまで行くはずはないから。こっちへ来て一緒に座りましょう。お互いを知るために」

「わたし……そんなの無理よ！」急に泣きだしそうになり、ステファニーは口をつぐんで大きく息を吸った。「わたし、サイモンを見つけてからでなければ、くつろげそうにないわ」

「じゃあ、一緒に捜しましょう」

「どうかお願い！」ステファニーはコリーナの目を見ることができなかった。彼女の声ににじむ温かさと優しさに、これ以上耐えられない。「あなたはみんなと楽しんでらして」

「でも、あなたもわたしのお客さまのひとりだし、とても悲しそうに見えるわ」

「わたしは少し……神経質になっているんです。ここの崖《がけ》は急だし、サイモンは――」

「わかったわ」コリーナが言った。それはマテオがついさっき使ったのと同じ言葉だったが、彼女の場合は深い思いやりがこもっている。ステファニーはあらためて恥ずかしくなった。「まずはサイモンを捜して、それから昼食の用意ができるまでワインをもう一杯飲みましょう。サイモンはきっと蝶がいる庭にいるわ」

コリーナが先に立って石段を下りていき、グイードの鳥かごの横を通りすぎた。

「やあ《チャオ》！　結婚してるの《エ・スポザート》？」おうむの口ぶりはどこかはにかんでいるようだった。

「わたしたちはもう、どちらも結婚していないわけよね」コリーナが考えこむように言った。「あなたもわたしも独身。わたしたちには共通点がいくつもありそうだわ、ステファニー。でもわたしと違って、あなたには息子がいる」コリーナは残念そうに肩をすくめた。

「悲しいことに、夫はわたしに子供を遺《のこ》してくれなかったの」

わたしの夫だってそうよ！　ステファニーは後ろめたさと不安に胸を締めつけられた。サイモンが本当はマテオの息子だと言ったら、コリーナはそれをマテオに教えなければと考えるだろうか？

あたかもステファニーの心の動きを見抜いたかのように、コリーナが言った。「あなたたちはマテオがカナダを訪れたときに知りあって、でもその後連絡をとりあっていなかったそうね。マテオを友達とは考えなかったの、ステファニー？」

「ほんの短期間だったから――友情を結ぶというほどの時間ではなかったんです」

「惜しいことをしたわね。わたしはマテオとの友情なしの人生なんて考えられないわ。夫が亡くなってからずっと、わたしは彼に勇気づけられたし、励まされてきたの」

そうでしょうとも！　昨夜マテオが運転していた車がガレージの外に止めてあるのがス

テファニーの目に入った。「ご主人はいつお亡くなりになったんですか?」

「八年前よ」コリーナはステファニーの視線を追った。「向こうに坊やが見える? もしそうなら、サイモンはわたしの説明を勘違いしたんだわ」

「いいえ、わたしはあそこに止まっている車を見ていたんです」ステファニーは言った。「あれはあなたの車ですか?」

「ええ。もしもこの島にいるあいだに使いたかったら――」

それじゃ、マテオはコリーナの車を使っていたのだ!「いいえ、けっこうです。慣れない土地での運転には自信がないので」

コリーナは声をあげて笑い、手の込んだ刈り方をした生垣のあいだを通り抜けた。「イスキアの人たちの運転はちょっとマット――英語で言うとクレイジーですものね。ほら、思ったとおり、あそこに坊やがいるわ」

ふたりが足を踏み入れた生垣で囲まれた庭は、鳥のさえずりと花の上を舞う蝶であふれていた。サイモンは鳥の水浴び用水盤の台座に座りこみ、日光を浴びて、なかばまどろんでいる。

「帽子をかぶせるべきだったわ」ステファニーが心配そうに言った。「サイモンはこんな暑さに慣れていないから」

「でも、日に当たっても肌が赤くならないからよかったわね」ふたりのほうに走ってくるサイモンを見ながら、コリーナが言う。「イタリア人だと言っても通りそうだわ」

コリーナの鋭い目は、ほかの人なら気づかないこまかい点も見逃さないようだ。それだけでも、ステファニーが今後彼女を避けようと考える理由として充分だった。これまで息子の本当の父親のことは必死で隠してきた。こんな知りあってまもない人に秘密を暴かれてはたまらない。

「見つかってよかったわ」サイモンの手をとり、コリーナがからかった。「かわいそうに、あなたのお母さんは、あなたが海に落ちたんじゃないかって心配していたのよ。おなかがすいたんじゃない、シニョーレ?」

サイモンはうなずいた。

「それはよかった。蝶と鳥はいっぱいいた?」

「うん、でも池は見つからなかったよ」

「それじゃ、また別の日にいらっしゃい。ここには、あなたくらいの年齢の子が探検したいと思う場所がたくさんあるのよ。さあ、急ぎましょう。あなたは足が速いのかしら、かわいい坊や?」

「ものすごく速いよ」サイモンが答えた。

自分も息子も、ものすごい勢いで急に追いかけてきた過去から逃げきれないのではないかという気がして、ステファニーは不安にかられた。

5

レイランド一家が帰ったあと、バプティステがエスプレッソの入ったポットをテラスに運んできた。彼女がエスプレッソをついで立ち去ると、コリーナはカップを手にとり、お気に入りの寝椅子に体を伸ばした。

「いとしい人《カーロ》、ずいぶんつまらなそうな顔をしているわね。なぜか話してくれない？」

マテオはそれに乗るつもりはなかった。「ぼくはあなたの美しい脚について話すほうがいい」

「わたしの脚は二時間前から少しも変わっていないわ。でもあなたは、レイランド一家が来る前はくつろいで元気だったのに、ランチのテーブルに着いたときにはひどく腹を立てているみたいで、いつもなら好きなムール貝にもほとんど手をつけなかった。今だって物思いに沈んでいるでしょう」

彼女の言うとおりだ。ステファニーのとげのある言葉がいまだに心に刺さっている。

「ぼくはレイランド一家が苦手だということをすっかり忘れていた。彼らと長いあいだ一緒にいたら、食欲がなくなってしまった」

「アンナとブランドンはとても魅力的な人たちだと思ったけど」

「ああ、あのふたりは別だよ。すばらしい人たちだし、ぼくも大好きだ。アンドリューもなかなか好人物だしね」

「でも、シニョール・ブルースとヴィクターは好きじゃないのね？」

マテオの口元がゆがんだ。「大嫌いだね」

「理由は？」

「高慢でうぬぼれているから」

「今日はわたしに対しては感じがよかったけど」

「だまされないように、コリーナ。彼らはあなたの暮らしぶりや装いを見て、社会的に受け入れられる人だと思ったんだ」マテオは顔をしかめた。「それにもちろん、あなたが美人だということもマイナスにはならなかった。でもたとえ美人でも、あなたがバプティステの代わりに料理を給仕していたら、彼らはあなたを見向きもしなかったはずだ。あるいは、市場で果物を買っていたり、港で夕食用の魚を選んでいるところに出くわしても、彼らはあなただと気づきもしないに違いない」

コリーナはほほ笑んだ。「わたしの何があの人たちにいい印象を与えたかはわかっているわ、マテオ。でもわたしから見たら、それはあの人たちが浅薄で愚かだというだけのことよ。あなたみたいに、彼らを嫌うのにそんなにエネルギーを使う必要はないでしょう？

それにヴィヴィアンは心の優しい女性に見えたわ」

「あの人が夫と長男に対して断固とした態度をとれたら、もっとすばらしいんだけどね」

「残りのひとりは？」

「残りのひとり？」マテオはとまどったふりをした。「ステファニーのこと？」

コリーナはカップの縁から彼を見据えた。「とぼけるのはやめて、マテオ」

「彼女は父親と同じタイプの人間さ」

「そうかしら。つまり傲慢《ごうまん》だと言いたいの？　わたしにはむしろ、緊張しているように思えたわ。あなただって、彼女に対して、今みたいに嫌悪感を見せてはいなかった。わたしの目には、あなたたちは強く惹《ひ》かれていながら、それを一生懸命否定しようとしているように見えたんだけど」

「それは思いすごしだ。ステファニーはぼくの好みのタイプじゃない」

「でも、わたしの目には――」

「あなたの目に映ったのは」マテオは厳しい口調でさえぎった。「血のつながったひとかたまりの人たちだ。そのうちの老夫婦が、全員をひとつの幸せな家族に結びつけようと努力している」

「それは立派な努力だと思うわ」

「失敗する運命にある努力だ。なぜなら、家族に関してブルースとヴィクターが大事に思っているのは、自分たちがカナダの名門の出身だということだけなんだから」

「なんてばかばかしい、なんて哀れな話なの。でもアンドリューとステファニーは違うでしょう?」

「アンドリューはね。彼は独立独歩の考えの持ち主だから。だけどステファニーは……」

マテオは肩をすくめてみせた。「彼女は自分の意見を持っているように見えるかもしれないが、実際は父親の機嫌をそこねたくなくて必死なんだ。まったく、彼女は愛してもいない大学教授と結婚したんだから。その男が父親とよく似ていて、父親から認められるに違いないという理由で」

「ステファニーのことをとてもよく知っているような口ぶりね」

「ああ、知りたい以上にね」

コリーナはコーヒーを飲み、繊細なカップを傍らのガラステーブルに慎重に戻した。それからナポリ湾のほうに視線を転じ、つとめてさりげない調子できりだした。「この問題について、あなたと率直に話しあったことはなかったわね、マテオ。だけど、あなたに対するわたしの愛情の深さはわかってくれているわよね」

「ああ、コリーナ!」マテオは会話の方向に居心地の悪さを感じた。「頼むから——」

「わかっているわ」コリーナは彼を安心させるように言った。「気まずい思いをさせるつもりはないの。わたしだってそれはいやだから。わたしが今この話を持ちだしたのは、これから頼むことの前置きとしてよ。お願い、あなたとステファニーはどういう関係なのか、本当のところを教えてほしいの。わたしの関心は好奇心や敵意からではなくて、あなたに対する真の友情からよ。信じて」

コリーナは、マテオが知るなかでもっとも思慮深く信用できる人だった。これまで、彼の女性関係について口出ししたこともない。そのコリーナが急にこんなにも個人的なことを、しかも率直に尋ねてきたのだ。その事実が、マテオに正直に答えようという気を起こさせた。

「ぼくたちはベッドをともにした」

「そうだろうと思ったわ」コリーナはかすかに肩をすくめ、つかのま目を伏せてから、ふたたびマテオの目を見た。「ステファニーの両親は、どうしてあなたと彼女の関係に目くじらを立てたの？」

「彼らは気づいてさえいなかった。その点はステファニーが慎重だったから」

「でも、ステファニーがあなたと一緒に時間を過ごしていることは知っていたんでしょう」

「いや。彼らの家はトロントにあった。ぼくがステファニーに会ったのは、そこから北西に三百キロほど行ったところにあるブラムリー・ポイントという場所だ。彼女の祖父母がそこの湖畔に土地を持っているから。ステファニーは毎年、夏になると祖父母の家に遊びに来ていた。彼女は乗馬が好きだった。あそこにはいい馬がいるんだ」

「それで、あなたたちは同じ時期にそこにいて、同じ屋根の下で暮らしたの？」

「まさか。ぼくにだって分別はある。あのふたりの家で十九歳の孫娘の純潔を奪ったりして、自分を泊めてくれている人たちの親切心を踏みにじるようなまねなど、できるわけがない」

　コリーナは小さく息をのんだ。「それじゃ、ステファニーはそのとき……」

「ああ、バージンだった」コリーナのまなざしに沈黙の非難を感じて、マテオは目をそらした。「わかっているさ！　ぼくは撃ち殺されても当然のことをした。でも、彼女は愛らしくてきれいで、そして愛されたいと切望していたんだ。コリーナ、あなたにはわからないだろうけど、二十五歳の男にとってはあらがいがたい組み合わせだ。若い牡牛《おうし》なみの欲望とポケットにいっぱいのコンドームを持っているというだけで、自分はなんでも知っていると思っているような男にとっては」

「わたしはあなたを非難したりしないわ。あなたがステファニーを無理やり奪ったわけじゃないのはわかっているもの。話を続けてちょうだい。彼女とはどれくらい続いたの？」

「五週間か六週間。ぼくは厩舎《きゅうしゃ》の上のアパートメントで寝泊まりしていた。ステファニーが馬に乗りに来たとき、ふたりきりになって……あとは想像がつくだろう。あまり感心できた話じゃないのはわかっている」

「でも、愛しあっていたんでしょう?」

「ぼくは違った。二十五歳で恋に落ちるなんてことは、ぼくの人生設計に含まれていなかった。でもステファニーはぼくを愛していると言ったし、ぼくはうぬぼれていたからそれを信じた。そこへある日、彼女の家族がやってきて、一週間近く滞在していった。そうしたら、ステファニーは急にぼくに対してよそよそしくなった。ある朝、父親たちと乗馬に出かけるため、厩舎に来たんだけど、ステファニーはぼくを見もしなかった」

「彼女、ばつが悪かったのかしら?」

「そうに決まっている!」

「あなたとベッドをともにしたから?」

「いや」マテオは語気荒く言った。「ぼくが機械の部品に囲まれて、全身油まみれになっていたから。彼女の家族が好きな貴族的な雰囲気をかもしだしていなかったからさ」

「でも、ステファニーはあなたが本当はどういう人か、知っていたんでしょう? あなたの家がイタリアでどういう地位にあるか」

「まさか! ステファニーはぼくをカラーラの石切り場で働く労働者で、花崗岩《かこうがん》を切る新しい機械の調査のために雇主から派遣されていると思っていた。それは大ざっぱに言えば本当だった。当時、祖父がわが社の株をすべて所有していて、ぼくはまだ仕事を覚えている最中だったから」

「それで、彼女に本当のことを教えてあげようとは思わなかったの？　自分は莫大《ばくだい》な財産の相続人だって」

「そんなこと思うわけがないじゃないか！　あのころのぼくを覚えているだろう、コリーナ。プライドが高くて、頑固で、身内の名前や富に頼らずに自分の力を証明しようと必死だった。それであの夏、カナダにいたんだ。あそこでは誰もが平等で、ぼくにはすごく新鮮だった。それもブルース・レイランドが現れるまでだけど」

「ええ」コリーナは静かに笑いながら言った。「よく覚えているわ。しかも、あなたは魅力的でハンサムで、女性を惹きつけるのが得意だったから、あなたがイスキアに来る夏は、母親たちが未婚の娘を外に出さないようにしたものよ。それにしても、いまだにそんなに激しい嫌悪感を引きずっているなんて、ブルース・レイランドとのあいだにいったい何があったの？」

「アンナがバーベキューにぼくも呼んでくれたことがあったんだ。最初は断ろうかと思ったんだが、考え直して顔を出すことにした。ぼくは彼らに引け目を感じる必要なんて何もないんだから。そこできれいに髭《ひげ》を剃《そ》って、体をぴかぴかに磨いていった。でも、ブルース・レイランドはぼくをまるで、ほどこしを求める第三世界の難民みたいに扱った。ヴィクターはといえば、今にも食べ残したものを投げつけそうだった」

「それでも、あなたは自分の本当の身元を明かさなかったの？」

「冗談だろう。彼らにそんなことをする義理はないんでね。だいいち、フォークの使い方もわからないばかな外国人のふりをするのが面白くて仕方がなかったし。それにしても、こんな今さらどうでもいい話をなんで知りたがるんだ？」

コリーナは長椅子から脚を下ろし、テラスの端へと歩いていった。「それは、あなたに認める気があろうとなかろうと、あなたが今でもステファニーに好意を持っているからよ」マテオに背中を向け、海を眺めながら言う。「あなたの思いがあまりにも強いから、わたしは心配なの」

「ぼくのために寝不足になったりしないでくれ。ステファニーとの関係は過去のことだ」

コリーナは首を振った。「そうは思わないわ。家族が帰ったあとはどうしたの？」

「両親がいなくなるなり、ステファニーはぼくとベッドをともにしようとした」声が苦々しげになるのを抑えられない。「というより、干し草をともにしようとしたと言ったほうが正確かな。でも、ぼくは彼女に別れを告げた」

「彼女はおとなしく受け入れたの？」

「おとなしくなんてとんでもない。泣いて、ぼくに考え直してくれと懇願した。あんな態度をとって悪かった、でもあれはぼくを守るためだった、自分たちのことを知ったら父親がどんな反応をするか恐ろしかったから。そう言ってね。ぼくを守るため、だとさ。ぼくを女性の後ろに隠れたがる臆病《おくびょう》者扱いしたんだ」

「わからないの？　彼女はあなたの勇気を見くびっていたわけじゃないわ。女は愛する男性を守るためなら、どんなことでもするのよ」

「ぼくは彼女に守ってほしくもないし、守ってもらう必要もなかった」

「ええ、あなたはステファニーが欲しくて、必要だったのよ。けれどプライドがそれを受け入れさせなかった。そのために、あなたたちのどちらが高い代償を払ったの？」

「ぼくじゃない。ステファニーが決めたんだから。ぼくも一度はあきらめたんだ。変わりようがないから。知っているだろう、コリーナ」

「ええ。でも同時に、不安と後悔にさいなまれている男性も知っているわ」コリーナはくるりと振り向いた。「今目の前に立っているあなたよ。彼女のところへ行きなさい、マテオ」彼に近づき、コリーナはその手をとった。「ステファニーと話しあって問題を解決なさい」

「ごめんだね」マテオはぶっきらぼうに答え、その可能性を探ろうともしなかった。「彼女とのことはもう終わったんだ！」

「こうしていると、あなたがブラムリー・ポイントの家に泊まりに来たあの夏を思い出すわ」アンナ・レイランドは自分が座っているソファの傍らをぽんぽんと叩《たた》き、ここにいらっしゃいとステファニーをうながした。「もちろん、すべてが同じというわけではありませんけど」

「ええ」ステファニーは祖母の隣に腰を下ろし、実際の気分よりもずっと陽気な声で言った。「ここにはオンタリオのアンティークも、イギリス領インドの敷物も、家族の古い写真もないもの。エスターがよく焼いてくれたスコーンもないし」

「でも、すばらしい家具と絵画があるし、大理石の床はひんやりして気持ちがいいわ。ティラミスだってあるし」アンナは紅茶にレモンのスライスを一枚浮かべ、カップをさしだした。「ゆうべのデートはどうだったの？」

突然の話題の変化に驚き、ステファニーは注意深く答えた。「とても楽しかったわ」

「何も問題なかったんでしょう？」

「全然」わたしが彼に嘘《うそ》をついたときを除けば。

「だったら、今日は何があったの？」

頬が赤らんでいるのを気づかれませんようにと祈りながら、ステファニーは祖母の気づかわしげな目から顔をそむけた。「何かあったなんて、どうして思うの？」

「わたしはあなたとマテオの様子を見守っていたのよ。あなたたちのあいだの空気は燃えるように熱かったかと思ったら、あっというまに、凍りつきそうなほど冷たくなったわ。いったい何があったの、ステファニー？　マテオがあなたを侮辱するようなことでも言ったのかしら?」

沈黙が流れた。祖母は孫娘が答えるのを辛抱強く待っている。

「そうじゃなくて」ようやくステファニーは低い声でつぶやいた。「わたしが彼を侮辱したの」

「マテオは侮辱されても仕方がないようなことをしたの?」

「いいえ。わたしが言ったことには……言い訳が許される余地はないわ」

「それで、あなたはどうするつもり?」

「どうもしないわ」

「謝罪も? なんでそんなことを言ったのか、説明もしないの?」

「謝罪にも説明にも興味がないと、はっきり言われたもの。たとえ、わたしが何か納得のいく説明を考えついたとしてもね」

「何を言ったにしろ、あなたらしくないことを言ったとしたら、そうせざるをえない何かがあったからでしょう。彼に理解を求めれば、少なくとも自分を許せるようになるかもしれないわ。言ってはいけないことを言ってしまうときって、誰にでもあるものよ。大事なのは、自分でそれを認めることね」

ステファニーはため息をついた。「事態はおばあさまが考えているよりずっと……複雑なのよ」

「マテオはあなたが初めて愛した人だから?」

「おばあさま、知っていたの?」

「気がつかなかったとしたら、わたしの目は節穴だわね!」

ステファニーはぽかんと口を開け、全身が冷たくなるのを感じた。母屋を抜けだしてマテオに会いに行くのは祖父母の部屋が暗くなってからにしていたし、夜明けよりもずっと前に自分のベッドに戻っていたのに。「でも、わたしを止めようとは思わなかったの?」

祖母は声をあげて笑った。「ハンサムな若者の名前が出るたびに、その彼が姿を見せるたびに、十九歳の女の子が赤くなるのを、どうやって止めろというの?」

「まあ……そうだったの!」冷たくなっていた体が熱くなった。

「ええ、そうよ。どういう意味だと思ったの?」

体に広がった熱は首から顔まで達した。「さ……さあ。ただ、自分がばかみたいに思えて」

「昔マテオ・デ・ルーカと恋に落ちたから? それとも、また恋に落ちるかもしれないと思って恐れているから?」

ステファニーは目を閉じた。マテオに再会したせいで、狂おしい感情がよみがえり、わたしの人生はすっかり自制がきかなくなってしまった。

問題はふたたび恋に落ちるかどうかではない。そもそも、わたしはマテオへの愛を忘れたことがあったかどうかだ。

「ああ、おばあさま!」ステファニーはため息をついた。「わたしってそんなにわかりやすいの?」

「残念ながらね。それで、さっきの質問に戻りますけど、どうするつもりなの?」

「わたしにできることは何もないわ。マテオのほうは、わたしと同じ気持ちじゃないんですもの」

「それはあなたが自分のまわりに壁を張りめぐらして、彼に本当のあなたを知る機会を与えないからじゃないかしら」

「そのほうがいいのよ。本当のわたしを知ったら、今よりもっとわたしを嫌いになるに違いないわ」

「ステファニー、あなたは知的な大人の女性なのに、ときどき本当にばかげたことを言うのね。あなたがこの島に来たときから、マテオはあなたを追いかけているじゃありませんか。どうして彼に歩み寄ろうとしないの?」

怖いからよ!「もう手遅れだから。今日の午後、それがはっきりしたの」

「命のあるかぎり、手遅れなんてことはありませんよ」アンナは両手で孫娘の顔を包んだ。

「わたしとはもう終わりだとはっきり言われたのに、彼の前に身を投げだせとでもいうの?」

祖母は傍らのテーブルに置かれた金の置き時計に目をやり、ソファから立ちあがった。

「彼のところへ行きなさい、ダーリン。よく話しあうのよ。そうすることで何か失うものでもあるの?」

6

祖母のアドバイスはなかなかステファニーの頭から離れなかった。マテオに気持ちを落ち着ける時間を与えて、それから謝りに行くというのは、もしかしたら試してみる価値があるかもしれない。彼が謝罪を受け入れようとしなくても、わたしは正しいことをしたという満足感を得られるし、プライド以外に失うものはない。

できるだろうか？　そうするべきなの？

ステファニーはため息をつき、誰もいない庭を眺めた。結局、行きつきところはサイモンのことだ。実の父親とは知らずに、マテオを自分の新しいヒーローとして崇《あが》めるようになっている。わたしが勇気を出しさえすれば、あの子に父親を与えてやれるのだ。でも、秘密を明かしたときにどういう結果が待ち受けているかわからない。ハッピーエンドになるか、そうならないかは、神のみぞ知るだ。完全とは言えないまでもわたしとサイモンが今手にしている幸せを、危険にさらしていいものだろうか？

眠っている子を起こすなと昔の人は言ったけれど、わたしもその教えに従うべきだ。つまるところ、サイモンは不幸せではないし、精神的に不安定なわけでもないのだから。

笑い声に、彼女は物思いからわれに返り、ベランダの手すりの向こうに目を凝らした。アンドリューとサイモンが追いかけっこをしながら庭を駆けまわっている。ステファニーはほっとした。サイモンは屈託なく、幸せそうに笑っている。まさに母親が自分の子供に望む姿だ。

マテオのことは忘れるのよ。賢明で実際的な内なる声がステファニーに忠告した。今日の前にあるもの、すでに手にしているもの、それこそがあなたにとって大事なのだから。

ところが皮肉にも、彼女の家族はマテオのことを簡単に忘れるつもりがないようだった。

「ゴルフをするには今日は暑すぎたな」夕食も終わりに近づいたころ、父が午後出かけたゴルフの話を始めた。「しかし、コリーナが親切にも、彼女のクラブでプレーできるよう手配してくれたんだ。何かお礼をしなければいけないな。レストランに招待するとか。それはそうと、みんなは彼女のことをどう思った?」

「非の打ちどころのない魅力的な女性だ」祖父が即座に答えた。「人のもてなし方を心得ている。上流階級の趣味のよい女性だな」

「それにしても、デ・ルーカはいったいあそこで何をしているんだ?」ヴィクターが言った。

「あの男が得意なことをしているんだよ」シャツの襟元を指でゆるめながら、父は執事のガエターンにワインのお代わりを頼んだ。「金を持っている人間にまつわりついているのさ。見たところ、あの男はコリーナにかなりの金を使わせているようだ。腕時計を見ただろう？」

「いや」ヴィクターが鼻を鳴らした。「ぼくはできるだけあの男と接触したくないんでね。あいつはおばあさんやお母さんの手にキスしたりして、自分と身分の違う人間になれなれしすぎる」

「わたしは手にキスしてもらってうれしかったわ」アンナが穏やかに言う。

テーブルの反対側からかぼそい声がした。「わたしも」

驚きもあらわな沈黙が流れ、全員の目がヴィヴィアンにそそがれた。

ステファニーの母は挑むようにみんなを見つめ返した。「あれはとても……感じがよかったわ。とてもヨーロッパ的で」

「おまえは女たらしにだまされるタイプだな！」ブルースがせせら笑う。

「あら、ブルース、少なくともマテオの振る舞いは礼儀正しかったわ、あなたとヴィクターに比べたらね。あなたたちの態度はマテオに対してとても失礼よ。なんて恥ずかしい」

ヴィクターは口をあんぐりと開け、ブルースは雷に打たれたような表情になった。

「酔っ払ったのか、ヴィヴィアン？」父が冷ややかに尋ねた。

「いいえ」母はオパールの指輪を神経質そうにくるくるまわしている。「たまには思ったことを口にしようと思って」

「いいことだわ」祖母が満足げに言った。「それに、まったくあなたの言うとおりですよ、ヴィヴィアン。わたしの息子と孫息子の振る舞いは恥ずかしいものでした。やれやれ、アンドリューとステファニーがなんとかバランスをとってくれて助かったわ」

わたしはバランスをとったりできなかった。ステファニーは暗い気持ちで認めた。わたしは恥の上塗りをしただけ。このまま何もせずにいるわけにはいかない。マテオに申し訳ないし、自分自身、何もしないでいるのは気が休まらないから。

サイモンがベッドに入るまで待って、ステファニーは夕食の席で決心したことを実行に移そうと決めた。祖父母は母とアンドリューを誘ってブリッジを、父とヴィクターはチェスを始めている。

「ちょっと散歩してくるわ」ステファニーは誰に言うともなしに言った。

父がとげとげしいまなざしで部屋の隅の振り子時計を眺めた。「こんな時間に？　もう十時だぞ」とがめるように言う。

「わたしはお父さんに許可を求めているわけじゃないわ」ステファニーはそっけなく答えた。「誰か、サイモンに気をつけていてもらえないかと思って声をかけただけよ。おばあさま、悪いけど――」

「わたしが耳を澄ましているわ」ヴィヴィアンが申し出た。「喜んでベビーシッターをするわよ。今までは全然機会がなかったんですもの、あなたたちが遠くに住んでいるから。楽しんでらっしゃい、ステファニー」

ステファニーは祖母の共謀者めいた視線をとらえた。「ええと、庭を歩くだけだから、そんなに楽しいこともないと思うけど……でもありがとう、お母さん。遅くはならないわ」

「ゆっくりしてらっしゃい」祖母はいたずらっぽく目を輝かせている。「ここはわたしたちにまかせてちょうだい」

祖母の困ったところは楽観的すぎる点だ。テラスの段を下りながらステファニーは思った。楽観的すぎるから、今度のような休暇を計画しておかしくなった家族関係を正そうとしたり、心から謝りさえすれば、どんなにこじれた関係でも修復できると信じたりするのだ。

しかし、ステファニーにはマテオがそんな寛大な反応を見せるとは信じられなかった。彼のコテージへと一歩近づくごとに勇気が萎《な》えていく。だが、良心が彼女に引き返すことを許さなかった。罪悪感にはこれ以上耐えられない。

遠くで波の音がするのを除けば、あたりは静まり返り、花のかぐわしい香りが漂っている。だが月はまだエポメオ山の上に昇っていない。

うっそうとした茂みが小道に黒い影を落としている。懐中電灯を持ってくればよかった。それに、ディナーのために着替えたロングドレスとヒールの高いサンダルという格好ではなく、もっと歩きやすい服装に着替えてくればよかったとステファニーは思った。

ついにマテオのコテージに着いたとき、彼女の心臓は早鐘を打ち、手は汗ばんでいた。さっきは立派な行動に思えたのに、急にむちゃで意味のないことに思えてきた。昼間の侮辱的な言動について謝罪しても、マテオにサイモンという息子がいることを隠しつづけてきた罪をあがなえるとは思えない。もしもわたしが自分で主張する十分の一でも良識ある人間なら、彼に話すべきことをすべて話して、あとは運を天にまかせるはずだ。

コテージの二階は暗かったが、玄関とその両わきの窓は開いていた。黄金色のランプの明かりが外にもれている。もしかしたらマテオは外出しているかもしれないというかすかな希望は消え去った。歯を食いしばり、ステファニーはコテージを囲む低い柵《さく》の入口に近づいた。門を開けるときに小さな音しかしなかったが、ステファニーの耳には雷鳴のように大きく響いた。今にもマテオが飛びだしてきて、招きもしないのに何をしに来たとどなりつけるかもしれない。

ところが、あたりは静まり返ったままだ。彼はもうベッドに入ったのだろうか？　でもそれなら、一階の明かりは消えているはず。もしかしたら彼はひとりではなく、エポメオ山が噴火しても気づかないほど、客をもてなすことに夢中になっているのかもしれない。

その可能性に動揺し、ステファニーは玄関の右側の窓にそっと近づいてなかをのぞいた。窓の向こうの部屋に人影はない。

自尊心のある人なら誰でもそうするように、彼女は声を出して訪問を告げるか、帰るかするべきだった。しかし好奇心を抑えることができず、そのまま室内を観察しつづけた。

床を覆う美しい敷物。壁にかけられた額入りのアンティークの地図、大理石の小さな暖炉の横には革張りのソファ。奥の机にはスタンドライトと、デカンタをのせた銀のトレイが置いてある。コーヒーテーブルにはろうそくが立てられた大理石の燭台《しよくだい》と空のブランデーグラス、そして本がのっている。とても居心地がよさそうな部屋だ。

急に自分がのぞき趣味になった気がしてステファニーはぞっとし、背筋を伸ばして玄関に向かった。意を決して手を伸ばし、壁にかかっている錬鉄製の呼び鈴を鳴らそうとする。

その瞬間、背後から明るい懐中電灯の光に釘《くぎ》づけにされた。そして姿の見えないマテオの声が庭のどこからか聞こえてきた。

「盗みを働く気なら、シニョーラ、この島の警察《ポリツイア》はこそ泥に対して非常に厳しいということを知っておくべきだな。聞くところによれば、そういう泥棒はアラゴン城のとある部屋の椅子に縛りつけられて、死ぬまで放置されるらしい」

おそらく、ばつの悪さとショックと不安からだろう。ステファニーはくるっと振り向くと、いらだたしげに叫んだ。「何をするのよ、マテオ、明かりを消して!」

「どなるな」マテオは落ち着いた声で答え、光線を彼女の顔にまっすぐ当てた。「それに、説明の義務があるのはきみのほうだろう」

まぶしい光をさえぎろうと額に手をかざし、ステファニーは怒りもあらわに言った。「盗みを働きに来たわけじゃないわ、ばかね！　わたしをなんだと思っているの？」

「それがわかればいいんだが」彼女の体のほうへ光線をゆっくり下げていく。「教えてくれないか、ステファニー？」

感情を押し殺したマテオの声はかすれていた。怒り、後悔、それとも悲しみだろうか？　ステファニーは完全に無防備に、丸裸にされたような気がした。「教えるわよ。教えるから、まずは明かりを消して」

かちっという音がしたかと思うと、あたりは闇《やみ》に包まれ、何も見えなくなった。「ぼくは説明を待っているんだけどな」マテオの声がする。

「ええと……その……」

「なんだ？」

ステファニーはいらだたしげに息を吸った。「姿の見えない相手に向かって話すのは難しいのよ！」

ふたたびかちっという音がして明かりがつき、今度は二本の木のあいだに吊《つ》るされたハンモックに寝そべっているマテオを照らしだした。ステファニーの場所からだと、彼はほとんど何も着ていないように見える。

「ぼくはここだ。これでもう言い訳はできないだろう。さあ、もう一度きく。何をしに来た？」

ステファニーはマテオのセクシーな体から視線を引きはがした。「謝りに来たの」

「謝るって何を？ こそこそ嗅《か》ぎまわっていたことを？」

「こそこそ嗅ぎまわってなんかいないわ。わたしはただ……あなたにお客さんがいたら、邪魔したくないと思ったのよ」

マテオはハンモックからひらりと下りた。

彼はステファニーが最初に思ったほど裸同然ではなかった。シャツを着ていないだけだ。けれど、ショートパンツのウエストのボタンがはずされていて、下に落ちてしまわないのが不思議なくらい腰の低い位置に引っかかっている。

「わたし、あなたがコテージにいるかどうかもわからなかったし」ふたたびステファニーは視線をそらした。

「どうやって確かめるつもりだったんだ？ バルコニーの下から〝マテオ、マテオ、どうしてあなたはマテオなの？〟と歌うつもりだったのか？」

顔を見なくてもマテオが面白がっているのはわかる。「笑うなんてひどいわ！」ステファニーは憤りもあらわに言った。「わたしをさんざん悲しませておいて！」

「笑わずにいられないんだよ。きみは口を開くたびに、おかしなことを言うから。それに、さんざん悲しませたというけど、傷ついた人間がいるとすれば、ぼくのほうだ」マテオが首を振りながら近づいてきた。彼の声から急に面白がっているような響きが消えた。「だけど、ジゴロに感情などあるはずがなかったな。ジゴロの関心はただひとつ――」

「マテオ、やめて！」恥ずかしさのあまり、ステファニーは気分が悪くなった。「今日の午後はどうかしていたわ。唯一言い訳をさせてもらえるなら、人は切羽つまると、思ってもいないことを言ってしまう場合があるのよ」

「それはたしかだ。今日の午後、ぼくはきみと愛を交わしたいと言った。だけど正直に言うよ、もうそんな気持ちはない」

「そんなことわかってるわ」

「嘘《うそ》だ、ステファニー」物憂げに言うと、マテオはさらに彼女に近づき、首から肩へ、そしてシルクのドレスの肩ひもへと指をすべらせた。「ぼくがきみに欲望を感じていると思ったから、きみはこんなふうにドレスアップして来たんだろう。ライバルを負かせるかどうか確かめるために」

「なんの話かまったくわからないわ」

「下手な嘘はつくなよ。なんの話か、というより、誰の話をしているか、よくわかっているはずだ。きみはコリーナに嫉妬《しっと》している」

つかのまステファニーは独善的な憤りに力を得て、彼をにらみつけた。ところが次の瞬間、言い争う気力がうせていた。「ええ、そうよ」ため息まじりに認める。嘘をつきつづけるのに疲れたのだ。「あなたが誰とベッドをともにしようと関係ないと思えればいいのに」

「ああ、これで少しは会話になりそうだ」マテオの声がやわらいだ。「きみにとって本当の気持ちを打ち明けるのは、そんなに難しいことなのか？」

「ええ。わたしはあなたに惹《ひ》かれたくないのよ、マテオ。ここを離れるとき、またあのみじめな思いを経験したくないから。悩んで苦しみたくないの。あなたは今、誰かほかの人とキスしているんじゃないか、わたしに触れたみたいに彼女に触れているんじゃないか、そしてわたしだけに言ってくれたはずの言葉を彼女の耳元にもささやいているんじゃないかって」

マテオはステファニーの顔を両手で包み、せつなくなるほど唇を近づけた。「それなら、今この瞬間のことだけ考えればいい。明日は明日だ」

「無理よ」

「どうして？」

「わたしはあなたと違うから。思い出を簡単に消したりできないわ」

「ぼくならできると思っているのか？」マテオは彼女の唇に人差し指を這《は》わせ、口のなかに指先を入れた。「もう一度考えてみてくれ、ステファニー」

ステファニーの体がかっと熱くなり、そして小さく震えだした。彼はたとえキスをしたとしても、あるいは彼女の体のもっともひそやかな部分に侵入したとしても、これほどエロティックな興奮を引きだすことはできないだろう。

「あなたは前にもそうしたもの」ほとんどささやきに近い声でステファニーは言った。「さよならも言わずにいなくなったわ。それきり電話も手紙もくれなかった」

「ああするのがいちばんよかったんだ。あのときさみが必要としていたのは、ぼくのような男じゃなかったはずだ」

「今でも、あなたはわたしが必要としている人じゃないわ」

マテオは彼女を放し、一歩下がった。「それなら引きとめはしない。言いたいことを言ったら、もう帰ってくれ」

そうできたらどんなにいいか！　けれど、意思に反して、ステファニーの足はその場に根が生えたように動かなかった。

「帰る前にひとつだけ教えて。あなたとコリーナは愛しあっているの？」

「きみには関係ないだろう」

「愛しあっているの？」

マテオは思わせぶりにショートパンツのなかに手を入れて下着の位置を直し、それからショートパンツを引きあげてボタンをはめた。「ぼくは、きみの目から見れば紳士じゃないかもしれないが」彼女が喉の渇きに耐えながら彼の動きをじっと見守っているのを承知のうえで、あざけるように言う。「ベッドのなかでのことを他人に吹聴《ふいちょう》しないだけの礼儀はわきまえている」

「あなたは誰の目から見ても紳士じゃないわ！」ステファニーは大きくあえぎ、彼から視線を引きはがした。

「そもそも、きみがぼくに惹かれた理由はそれじゃないのか？　きみは貧乏人とやることにサディスティックな喜びを感じたんだ」

　やるですって？　ステファニーは泣きたくなった。彼はわたしが初めて、そしてただひとり、愛した人なのに。わたしは彼に体をさしだしただけではない。心も捧《ささ》げた。それを、この人はやるだなんて言葉で片づけてしまった！

「お互い、言うべきことは言ったようだ」マテオは門を開けた。「おやすみ《ブオナ・ノッテ》」

　もう一度ステファニーは足を動かそうとしたが、今度も言うことを聞いてくれなかった。涙がこみあげ、目の奥が焼けるように熱くなる。涙がこぼれ落ちるところをマテオに見られるのが怖くて、まばたきもできない。

　ステファニーは石造りの噴水の縁によろよろと腰を下ろした。

彼女の苦悩に気づきもせず、マテオは門から離れた。「ごゆっくり」そう言うと彼女の前を通り、コテージへ歩いていった。

玄関のドアが閉まると同時に、一階の明かりが消え、今度は二階の窓に明かりがともった。それでもステファニーは噴水の縁に座ったままだった。自分がしたいことと、するべきことが一致せず、正しいほうを、賢いほうを選択しなければと自分を鼓舞していた。

やがて踏ん切りがつき、ステファニーは立ちあがって歩きだした。隣の別荘《ヴィラ》に向かって、ではなく、彼女の心がいたいと願う場所に向かって。

マテオは玄関に鍵《かぎ》をかけていなかった。ベッドにも入っていなかった。階段のいちばん上に立って壁にもたれている。

「きみは、最後まで心を決められないのかと思いはじめたところだ」階段の上からマテオが片手をさしのべた。「おいで、いとしい人《アヴァンティ・インナモラータ》！　喧嘩《けんか》はもううんざりだ」

7

手すりにしがみつき、まるで足に重りでもついているかのようにゆっくり一段ずつ階段を上がってくるステファニーを見て、彼女は心変わりしたのだろうかとマテオはなかば期待した。

「おいで《アヴァンティ》」彼はもう一度言った。今度は命令というより招いているような優しい口調だった。

ようやく指先が彼の指に触れるところまで近づくと、マテオは彼女の手をつかんで引きあげ、腕のなかに抱き寄せた。ステファニーはくずおれるように彼に寄りかかった。華奢《きゃしゃ》なハイヒールのままでエポメオ山に登ったかのように疲れている。

「こうするのがそんなに難しかったのか？」

ステファニーは顔を上げ、彼の目をとらえた。彼女の目にマテオは恐怖心を見てとった。

「ええ」声が震える。「わたしの人生でいちばん難しいことのひとつだった」

「きみはぼくを信用していないのか？」

「自分を信用していないのよ」

マテオは彼女の髪を撫《な》で、そのひんやりしたシルクのような感触を楽しんだ。「どうして?」

「あなたといると、慎重な行動ができなくなってしまうから。胸に秘めておくべきことを言ってしまったり、手に入らないものを望んだり」

「どうして手に入らないとわかる? きみは欲しいと口に出したかい?」

ステファニーは答えを拒み、唇を引き結んだ。

「欲しいと言ったか?」

「いいえ」

「なぜ言わない?」

「きかなくても答えはわかっているからよ」

「どんな答えだ?」

ステファニーはためらっている。マテオは彼女が嘘《うそ》をつこうとしているか、真実のほんの一部しか明かすつもりがないのだと見抜いた。

「あなたは本当にわたしを求めているわけじゃないってことよ。ついさっき、そう言ったもの」

「でも、ぼくの気が変わったとしたら? さっきは怒りとプライドを傷つけられたせいでそう言っただけだとしたら?」

「また気が変わるかもしれないわ」ステファニーは苦悩の声を出した。「わたしはまたあなたを怒らせるかもしれない」

「ぼくはどうしたらきみを安心させられるんだろう、ステファニー?」

「わたしのことを思っていると言って。わたしの昔の言動のせいで、わたしに対する今の気持ちは変わらない、そう言って」

無条件にすべてを受け入れろというのか? マテオにそこまでの決心はついていなかった。それでも彼は真剣な口調で言った。「ぼくはずっときみのことを思ってきたよ、ステファニー。今夜一緒に過ごしてくれと頼んでもいいだろう」

ステファニーのシルクのドレスがマテオの肌にこすれ、ふくよかな胸が厚い胸板の上をすべると、彼の体は欲望をかきたてられた。

「無理よ」ステファニーが吐息をもらす。「わたしはサイモンのことを考えなければ……」

マテオは彼女の耳にキスをし、ダイヤモンドのピアスを軽く噛《か》んだ。「ほんの数時間だよ。日が昇る前にきみは帰れる。サイモンは気づかないさ。誰も気づかないよ」

「こんなことしちゃいけないわ」

しかし彼女はマテオが首筋に、肩に、喉元にキスするのを許した。ドレスの肩ひもがはずされ、温かい胸の谷間に彼の舌がすべりこむ。ステファニーは体を小刻みに震わせ、すすり泣くような声で彼の名前を呼んだ。マテオがドレスを下に落としながら床に膝をつき、あらわになった彼女の細いウエストに唇を押しあてる。ステファニーはあえぎ声をもらし、彼の後頭部を支えて自分に押しつけた。

マテオは忘れえぬ彼女のほのかな香りを吸いこみ、彼女の腿の裏側に手を這《は》わせて、ショーツのなかに両手の親指を忍びこませた。彼女の秘めやかな場所にそっと触れる。

ステファニーは身をこわばらせ、彼の髪をつかんで押し殺した声をもらした。

マテオは小刻みに震える平らなおなかに唇を這わせ、そしてステファニーのひそやかな部分を覆う三角形の布の上で止めた。サテンの布に舌でゆっくりと円を描く。それからショーツを歯でくわえ、一センチずつ、耐えられないほどじりじりと下げはじめた。ショーツが足首まで下げられたときには、ステファニーは涙にむせぶ声で彼に懇願していた。彼女の性的に高まった蜜《みつ》のような味わいに、マテオは頭がおかしくなりそうになった。

勢いよく立ちあがると、彼はステファニーを抱きあげ、短い廊下を寝室まで急いだ。ドレスは階段の上に置き去りにされた。廊下の途中でサテンのショーツが床に落ちた。ようやくベッドに横たえられたとき、ステファニーが身につけていたのはブラジャーと片方の靴だけだった。マテオはその両方をあっというまに脱がせた。

「あなたに話さなければいけないことがあるの」ステファニーは小さな声で言いながら、肘をついて身を起こした。「本当はもっと早く打ち明けるべきだったんだけど……」

マテオはショートパンツと下着を脱ぎすて、ナイトテーブルの引き出しを開けた。「心配しないで、いとしい人《カーラ》。妊娠はさせないから」

「マテオ……」ステファニーは口ごもりながら懇願した。「お願いだから、聞いて！　これは大事なことなのよ」

マテオは彼女の左の胸の下、心臓の真上にてのひらを当てた。「今この瞬間、大事なのは、きみがぼくと愛しあいたいかどうかだけだ。もしもぼくがきみのサインを読み違えているなら、そう言ってくれ。ぼくは石でできているわけじゃない。これをもう少し続けたら……」彼女の肘の内側、喉元、唇の端にキスをする。「止められなくなる」

「わたしはあなたが欲しいのよ」ステファニーは彼の手に手を重ねた。「わかっているでしょう。でも、あなたはわたしを欲しいと思っていないかもしれない。もし――」

「自分が欲しいものはよくわかっている」スタンドの明かりに照らされたステファニーの美しい体の上に身をかがめながら、マテオが言う。「先週、庭できみを見たときからずっと」

「そんなに単純なことじゃないのよ」彼の肩を手で愛撫《あいぶ》しつつ、ステファニーは反論した。「あなたが知らないことがあるの」

「そんなに単純なことだよ」マテオの唇が彼女の胸の先端をかすめ、おへそを通りすぎて、脚の付け根まで下がった。「これは、きみとぼくのあいだのことで、ぼくたち以外の人間には関係ない。ことを複雑にするのはやめてくれ」

「でも、複雑なのよ！」

「何も言わないで、ぼくの大事な人《テソーロ》」マテオは彼女の唇に唇を重ね、片手をステファニーの脚のあいだにすべりこませた。頭では抵抗しなくてはいけないとわかっていても、ステファニーの体はすっかり彼を迎える準備ができていた。「きみを愛させてくれ。それから夜明けまで話しあおう、きみがそうしたいなら」

「あっ！」ステファニーはうめきながら腿でマテオの手をきつく締めつけた。エクスタシーの最初の震えが彼女を襲う。「ああっ！」

マテオは指を動かし、彼女の敏感な場所を見つけると、それを巧みにもてあそんだ。あたかも、ついきのう愛を交わしたばかりのように、彼女を絶頂に導く方法を思い出しながら。ステファニーの美しい黄金色の体が弓のようにそり返った。彼女が叫び声をあげてマテオにしがみつく。

「早く！」ステファニーは両手を下にすべらせ、彼の高まりを包んだ。「ああ、お願い、マテオ、これ以上じらさないで！」

「わかった《シ》、ぼくのいとしい人《ラ・ミア・インナモラータ》」マテオは急に抑制を失いかけ、ナイトテーブルの上のコンドームをつかんだ。

ステファニーも手を伸ばして彼を手伝った。それは優しく思いやりのあるしぐさで、同時にうっとりするほど残酷でわくわくする経験だった。

そしてついにマテオは、ステファニーが彼の人生に戻ってきて以来の望みを果たした。彼女の熱くなめらかな体のなかに身を沈めたのだ。

欲望がはじけ、もう少しで彼はその瞬間を楽しむ前に達しそうになった。身震いしながら、腰を少し引く。二十五歳のときなら、自分を解き放つのが早すぎても許されたかもしれないが、それは三十五歳の男が女性を喜ばせる方法ではない。

ステファニーが羽根のように軽いタッチで脚の付け根に触れ、彼を刺激するので、マテオは彼女の両手をつかんで頭の上に上げさせた。「もっとゆっくり頼む、ステファニー！」たちまちステファニーはマテオの腰にぎゅっと脚をからませ、マテオがもう一度深く身を沈めると、彼の動きに合わせて腰を浮かした。その瞬間、マテオは抑制だけでなく、すべてを忘れ去った。悪態をつき、汗をにじませ、勝ち目のない戦いに挑みつつ、ステファニーのきゅっと締まったヒップを両手でつかんで、彼女とともに、深く、暗く、ぞくぞくする底へと落ちていく。

マテオは自分自身を解き放つと、ステファニーの上に崩れるように倒れこんだ。しばらくして、かなり苦労しながら頭を上げ、彼女の顔を見つめた。ステファニーの瞳は情熱をおびて紫色になり、顔と喉元がほんのりと赤く染まっている。

「きみは少しも変わっていない」マテオはかすれた声で言った。「今でも情熱的で、ものすごく欲望をそそる。きみとあんなふうに別れるなんて、ぼくはばかだった」

「体は昔のままじゃないわ」ステファニーは息をはずませて言った。「子供を産んだせいでラインが変わってしまったもの」

ステファニーの上から下りて隣に横たわると、マテオは彼女のおへその横の小さな、ほとんど目につかないほどかすかな傷跡に指で触れた。それはサイモンを妊娠したときの名残だった。「このせいで、きみは以前よりも美しくなった」

ステファニーは小さく笑った。「まさか！　でも、そんなふうに言ってくれてありがとう」

「聞いてくれ、ステファニー。たった今、ぼくたちが分かちあったものは昔とは違う」マテオは自分の胸を軽く叩《たた》いた。「ぼくはここで感じた。ぼくたちはお互いに心で感じたはずだ」

「ええ。でも、だからといって過去が変わりはしないわ」

「それがどうした？　ふたりで過去の憎しみと悲しみに別れを告げようと決心さえすれば、もっと幸せな未来が待っている」

「つまり、カナダに帰るまでの二週間、毎晩わたしがこそこそと別荘《ヴィラ》を抜けだしてあなたに会いに来るということ？」ステファニーは身をよじり、顔をそむけた。「そんなの、昔とたいして変わらないじゃない。最後に立ち去るのがあなたじゃなくて、わたしだという違いがあるだけで」

マテオはステファニーの腰に腕をまわして抱き寄せ、もう一度自分と目が合うようにさせた。「もうこそこそする必要なんかないだろう、いとしい人《カーラ》。きみの家族がなんと言おうと、気にすることなく行動できる年齢なんだから」

「でもわたしは今、家族と同じヴィラにいるのよ。みんなの目の前でこれ見よがしに情事にふけるなんてできないわ」

「それなら、ぼくと一週間どこかに出かけよう。今の互いの気持ちが十年前より深いものかどうか、確かめるために」

「サイモンはどうするの？」

「連れていきたければ、連れていけばいい」

「そして、母親が赤の他人とベッドをともにするところを見せるの？　そんなことできるわけがないでしょう！」

「お互いをあらためて知るというのは、愛を交わすことだけじゃないさ、ステファニー！　ぼくたちのセックスは昔から相性がよかった。きみとぼくがこれまで持てなかったのは、そして今必要としているのは、ぼくたちの関係が今後どうなっていくのか、誰にも邪魔されずに考える時間だ」

彼女は相変わらずためらっている。マテオは舌の先まで非難の言葉が出そうになった。

きみにはまだお父さんの許可が必要なのか？

「そんな目で見ないで！」彼の心のなかを読んだかのようにステファニーが言った。「わたしがイタリアに来たのは、祖母からわたしたち家族のきずなを強めるよう協力してくれと頼まれたからだって、知っているでしょう」

「それで、きみはその努力が実を結ぶと本気で思っているのか？」

「実を結ぶかどうかが問題じゃないの。わたしは協力しなければならないのよ。祖父母にとっては家族がすべてなんだから」

「ぼくにとっても家族はすべてだよ、ステファニー。息子が生まれて初めての一歩を踏みだす、娘が小さな手でぼくの指をぎゅっと握る、そしてぼくは自分の子供への愛情と誇らしさで胸が熱くなる……そういうときが来たら、それはぼくにとって人生最高の瞬間になる」

言いようのない衝撃を受け、ステファニーは身をすくめた。「そんな話はやめて！」

マテオはステファニーの顔を両のてのひらで包んだ。「何がきみをそんなに苦しめているのか話してくれ、いとしい人《カーラ》。問題はシニョーラ・アンナとの約束だけじゃないはずだ。きみは何か隠している。ぼくにはわかる」

またしてもステファニーの頬を涙が伝った。

「言ってくれ！」マテオは叫んだ。「きみのお父さんのことなのか？」彼女が恐怖に大きく見開いた目で見つめている。「お父さんにののしられたのか？　でなければ、ヴィクターか？　もしそうなら、殺してやる！」

「違うわ！」ステファニーはボールのように体を丸めた。「そうじゃなくて……祖父のことなの。祖父は重い病気を患っていて、わたしたちと一緒に夏を過ごすのは、たぶん今年が最後になりそうなの。わたしが祖母との約束をすっぽかしてヴィラを離れるわけにいかないのは、そういうわけなのよ」

安堵《あんど》感と悲しみが同時にこみあげてきた。マテオはまるで子供をあやすようにステファニーを抱きしめた。「ああ、あんなにすばらしい人が、自分の家族が仲たがいしないよう、無理に仕向けなければならないなんて、悲劇だ」

「それじゃ、わかってくれるの？」

「ああ。きみの献身《シ》と、おじいさんの願いをかなえてあげたいという気持ちはすばらしいと思う。ただ、ぼくの誘いをすぐには断らないでくれ。おじいさんだって、きみに大きな幸せをつかむチャンスに背を向けるようなまねはしてほしくないはずだ」

ステファニーは物思いに沈んだ表情でマテオを見上げた。「仮にあなたと出かけるにしても、丸一週間は無理だわ。それじゃ、サイモンにも祖父母にも悪いもの」

「だったら一日か二日だけにしよう」ステファニーの気持ちが傾きかけているのを感じて、マテオは譲歩した。「きみが本当のぼくを知ってくれて、別れのときが来ても、この関係をもっと深めたいかどうか決められるだけの時間があればいい。ぼくはなにも、そんなに短時間で一生を誓おうと言っているんじゃない。ただ、お互いに可能性を残しておこうと言いたいんだ」

ふたたびステファニーは答えるのをためらったが、今度は目に焦がれるような思いが見てとれた。「ちょっと考えさせて」

「ああ、考えてくれるだけでいい」マテオは彼女の唇にキスをした。

それは賢明な行動ではなかった。ふたりの唇は離れなくなった。ステファニーは目を閉じてマテオの顔を撫でた。たちまち、消えかけていた情熱の炎に火がついた。

マテオは彼女の味わい、クリームよりもなめらかな肌の感触、髪のにおいを記憶に焼きつけたかった。だが日付はすでに変わっている。時間を気にしながら、あわてて彼女とひとつになりたくはない。

「ぼくを苦しめるのはやめてくれ」うなるように言うと、マテオは後ろ髪を引かれる思いでベッドを出て、ショートパンツをはいた。「そろそろきみを送っていかなければ」

ステファニーはシーツで胸を隠して上半身を起こし、ナイトテーブルの上の時計を見た。

「まあ、もうこんな時間！　母にすぐに帰ると言ってきたのに、二時間もたってしまったわ。マテオ、わたしの服を持ってきてくれる？」

マテオは彼女のドレスとショーツ、靴の片方を見つけてきた。それを受けとりながらステファニーは顔を赤らめた。

「後ろを向いていてちょうだい。服を着るところを見ないで」

マテオは声をあげて笑った。「じゃあ、階下《した》で待ってるよ。ヴィラまで送っていく」

ステファニーは首を振った。「いいえ、送ってもらうのはやめておいたほうがいいと思うわ。わたしはひとりで大丈夫」

その言葉に従い、マテオは庭の門のところまで彼女を送っていった。

「おやすみなさい、マテオ。ありがとう……今夜はいろいろと」

「おやすみ、ステファニー」マテオは真剣な顔で答えた。「連絡を待っているよ。次にどうするか決めるのはきみだ」


「ゆうべは楽しかった?」翌朝、ステファニーが朝食に下りていくと、母が尋ねた。

「ええ」祖母が好奇心に輝く目で見ているのを意識しながら、ステファニーは答えた。

「おかげで、とても……すてきな時間を過ごせたわ」

「よかった」母は笑みを浮かべている。「あなたはもっと自分のための時間を作るべきよ。サイモンはまったく手のかからない子だわ。喜んでまたあの子の面倒を見るわよ」

その日は一日中マテオのことが頭から離れなかった。ステファニーはもう一度彼に会わなければならないと思った。つかのまベッドに飛びこんで性的欲望を解放するためではなく、こんなにも障害の多い関係を続けていくのは無理だということを、冷静に話しあうために。

「もし本当にかまわなければ、わたし、今夜また出かけたいんだけど」午後のお茶の時間に母と祖母と一緒に腰を下ろしたとき、ステファニーはできるかぎり軽い口調できりだした。

「ぜひともそうなさい！」母のヴィヴィアンは乗り気だ。「あなたとマテオは残された時間を有効に利用するべきよ」

「お母さんも気づいていたの？」ステファニーは口をぽかんと開けた。

「口を閉じなさい」祖母が優しくたしなめる。「あなたのお母さんは気づいていたんですよ。お父さんだって、自分の澄ました鼻より先に目を向けることがあったら、気づいていたはずなのに」

「これはお母さんたちが考えているようなことじゃないのよ」ステファニーは説明しようとした。「わたしたちはそんな……深い仲ではないの」

ヴィヴィアンが娘の膝を軽く叩いた。「わたしたちの前では嘘をつかなくてもいいのよ、ステファニー。心配しないで。あなたの秘密は安全だから。でも勇気を出して。実現できる夢を捨てないで」

「お母さんったら、これまでのお母さんじゃないみたい！」

「今までのわたしは、どんな代償を払っても平和を維持するほうが大事だと思っていたんだけど、最近になってようやく、自分が高すぎる代償を払っていたことに気づいたの。自分が望むものは自分で闘って手に入れなければならないのよ、ステファニー。さもないと、あなたもわたしみたいになってしまうわ。すべてが手遅れに」

「命があるかぎり、手遅れなんてことは絶対にありませんよ、ヴィヴィアン」アンナがきびきびとした口調で言った。「ブルースは怠惰で鼻持ちならない男だけれど、昔からああだったわけではありませんからね。あなたはうちの息子に好き勝手を許しすぎたようね。あなたがもっといいお手本を見せていれば、ステファニーもこんなふうに自分の恋愛を隠そうとはしなかったと思いますよ」

「マテオとのことは恋愛なんかじゃないのよ、おばあさま!」ステファニーは反論した。「なんとでも好きなようにおっしゃい。でも、わたしにはわかりますよ。おじいさんと七十年間愛しあっているんですからね。あなたが今のわたしの年齢になったとき、わたしと同じようなせりふが言えるかしら?」

今の調子なら、きっと言えるわ! 祖母の場合との違いは、それを知っているのは彼女ひとりだろうということだった。この十年間、マテオは彼女の心に住みつづけてきた。それは死ぬまで変わりそうにない。

「じゃあ、今夜もう一度出かけるのね?」母が問いかけた。

「ええ」ステファニーは答えた。

あと一度だけマテオに会おう。ふたりに将来はないと説明するために。さよならを言うために。

どれももっともな理由。理にかなった理由よ。

8

マテオが彼女を待っていたのは、ひと目でわかった。石油ランプがコテージの玄関までの道を照らし、居間にはろうそくがともされ、コーヒーテーブルの上には冷やしたワインが置かれている。マテオは昨夜と違い、注文仕立ての麻のズボンに白いシャツという格好だった。まくりあげた袖《そで》と日に焼けた腕があざやかな対照をなしている。

「来てくれてうれしいよ」彼は玄関でステファニーを出迎えた。

「わたしは話をしに来ただけよ」

マテオは彼女を抱き寄せた。「わかっている」

欲望にすべてを忘れそうになり、ステファニーは身をよじって彼から離れた。「わたしは本気なのよ、マテオ」息を切らして言う。「本当に話をしに来ただけなんだから」

「なんの話を?」

「わたしたちの話、それと、あなたとわたしがこんなことを続けてはいけない理由も」

「こんなことって? 正確に言ってくれ」

「盛りのついた犬みたいに、会うたびにくっつこうとすることよ」

「盛りのついた犬?」マテオの黒い眉が非難のしるしにつりあがった。「きみはぼくたちの愛の行為をそんなふうに考えているのか?」

「そ、そういうわけじゃないわ。あれはとてもすてきだったけど――」

「すてき?」

「それ以上よ」ステファニーはあわてて言い直した。「正直に言うわ、マテオ。今夜もう一度あなたとベッドをともにするのは簡単よ。でも、わたしにはそのつもりはないの。だって、あなたとわたしが肉体的に親密になるのは適切じゃないから」

つかのま、マテオは彼女の顔をまじまじと見つめた。それから体を震わせはじめたかと思うと、低く豊かな声で笑いだした。ステファニーも思わずつられてほほ笑んでしまった。

「わたしは冗談を言っているんじゃないのよ、マテオ」急いで自制心をとり戻そうとする。

「それじゃ、本気で冗談を言ったら大変なことになりそうだ!」

笑っているときのマテオにはあらがいがたい魅力がある。ステファニーは彼に笑うのをやめてほしかった。「長年のあいだにできた溝をベッドで埋められるなんて考えるのは、現実的じゃないわ」彼女は真剣な口調で言った。

マテオの顔から笑いが消えた。「だったら、どうやって溝を埋めようというんだ?」

「溝は埋められないわよ。わたしたちが近くに住んでいて、ゆっくり事を進めていけたら、話は違ったかもしれないけど」

「そして適切にね」

「ええ」ステファニーは挑戦的に言い返した。「好きなだけからかえばいいわ。でも、ここで終わりにするのがいちばんよ。なにしろ、わたしたちは十年間まったく連絡もとりあっていなかったんですもの。なのに、再会してほんの数日で、昔自分たちがうまくいかなかった理由をすっかり忘れて、また同じことを始めてしまったなんて、どうかしてるわ」

「たしかに」

「わたしたちの年齢になったら、同じ過ちを繰り返すことは許されないわ」

「絶対に」

「過去の経験から学ぶべきよ」

「ああ」

「それじゃ、わかってくれたのね。これで意見の相違はなくなったわけだし、過去は葬り去って、お互いに友人として別れられるわ」

「そうだろうか」表情の読めない顔でマテオは言った。「きみは誰を納得させようとしているんだ。ぼくか、それともきみ自身か？」

「もちろん、あなたに決まってるじゃない！」

「だったら、今夜ここに来る必要はなかったんだ。ゆうべ、次にどうするか決めるのはきみだとはっきり言っただろう。きみが何もしなければ、それが何を意味するかはぼくにも理解できる」

「わたしは直接会って話をするのが礼儀だと思っただけよ」

「意見が合うな《ダッコルド》！　わかった！　きみはここに来た目的を果たしたわけだ」マテオは背中に手を置いてステファニーにまわれ右をさせ、乱暴に庭へ追いだした。「ありがとう《グラツィエ》、幸運を祈る《ブオナ・フォルトゥーナ》、おやすみ《ブオナ・ノッテ》！」

自分の言い分を通したにもかかわらず、ステファニーはみじめな気持ちでコテージの門までとぼとぼと戻っていった。振り返るものですか。進まない足を無理やり動かそうとする。

マテオの前から立ち去ろうと。

でもできない。

「どうかしたのか、ステファニー？」

振り向くと、マテオは細身のズボンのポケットに親指を引っかけ、戸口にもたれていた。

「ええ」ステファニーは哀れな声で答えた。「ゆうべと同じ。わたし、本当は帰りたくないの」

翌日の午後、コリーナが別荘《ヴィラ》にやってきた。彼女は白いブラウスに、真紅のハイビスカスとロイヤルブルーの矢車草が描かれたフレアスカートという装いだった。足には手の爪とおそろいのペディキュアがほどこされている。

ヴィヴィアンが午後のお茶に誘うと、コリーナはステファニーに向かって言った。「あなたに話があって来たの。どこかふたりで話ができるところはないかしら。あずまやとか？」

返事も待たず、コリーナは先に立って庭を歩きだした。それまで雲に乗って空を漂っているような幸福感に包まれていたステファニーは不吉な予感をおぼえ、あとについていった。

「さて」白いペンキが塗られたベンチに腰を下ろすと、コリーナは前置きなしにきりだした。「あなたとマテオは一緒の時間を過ごしているみたいね？」

「少し」ステファニーは認めた。

「そしてあなたは彼が好きよね？」コリーナはわけ知り顔に言う。「あなたはマテオがとても好きでしょう？」

火を見るより明らかなことを否定してなんになるだろう。「ええ」

「彼を傷つけたくないと思うくらい？」

「ええ」ステファニーは当惑した。「どうしてそんなことを？」

質問を無視して、コリーナは続けた。「マテオから聞いたけど、週末、ふたりだけで過ごすそうね。明日トスカーナの彼の家に出かけて、月曜日の午前中に戻ってくるとか」

「そのとおりです。どうしてこんな話をなさるんですか、コリーナ？　嫉妬《しっと》でも？」

コリーナが見せた反応はステファニーをびっくりさせた。バッグを下に落としたかと思うと、両腕で自分の体を抱き、目を閉じて頭をぐっとのけぞらせたのだ。「ああ、嫉妬しているわよ、たしかに！」彼女はため息まじりに言った。「わたし、あなたの若さに嫉妬しているの、ステファニー」

ステファニーはなんと答えたらいいか、あるいはどういう答えが期待されているのかわからず、ただ待ちつづけた。

しばらくしてコリーナが続けた。「わたしがもっと若くて、そしてもしもマテオが申しこんでくれたら、ためらうことなく彼と結婚するわ。でもわたしはもう四十八歳で、子供を産める年齢はとっくに過ぎてしまった。マテオは彼の息子を産める女性と結婚しなくちゃ」コリーナは目を開け、その琥珀《こはく》色の瞳でステファニーを見た。「彼には息子を持つ権利があると思わない？　その権利を奪うのは罪じゃないかしら」

ステファニーは口がからからになった。心臓が一瞬止まり、また激しく打ちはじめた。

「こんな話をするのにどういう意味があるのか、わたしにはわからない」

コリーナはバッグのなかに手を入れると、浮き出し模様がほどこされたとても古いカード《カ》らしきものをとりだして、ステファニーに渡した。「これを見たらわかるかしら、いとしい人《ーラ》？」

気が進まないながらステファニーはそれを開いてみた。たちまち、全身から血の気が引いた。そのカードのなかに入っていたのは、サイモンが一歳半くらいのときの写真だった。だけど、そこに写っているのがサイモンのはずはない。写真の色の褪《あ》せ方からして――すべてがおかしい！

サイモンとそっくりのえくぼを浮かべ、サイモンとそっくりの目でカメラを見つめてほほ笑んでいるこの子は、レースの縁どりがされたロングドレスを着て、短いブロンドの髪にリボンをつけている。でも、見慣れない背景を消したら、この少女はサイモンの双子の妹と言っても通りそうだ。

ステファニーの手が震えだした。「これをいったいどこで？」

「一年ほど前に家で見つけた古いアルバムに入っていたの。第二次世界大戦のころの思い出の品と一緒に、トランクのなかにしまってあったのよ。見つけるのに少し時間がかかったけれど。サイモンが誰の子か、あなたがたと昼食を一緒にしたときに気づいたわ。今あなたが見ているのは、マテオの父方のおばあさんの写真よ」

「信じるものですか！　マテオは彼女と全然似ていないわ」

「ええ。彼はイタリア人の血を強く引いたのね。でも、彼のおばあさんはスイス人だったの。金髪に青い目でしょう。あなたのサイモンにそっくり。信じられない偶然よね」

わたしに何が言えるだろう。真実は予想もしなかった形で明らかにされてしまった。恐怖に心が麻痺《まひ》し、ステファニーは呆然《ぼうぜん》とコリーナを見つめたままうつろな声で尋ねた。

「これをどうなさるおつもりなんですか？」

「あなた、サイモンの父親はマテオだと認める気があるの？」

気力をなくし、嘘《うそ》をつくのに疲れきったステファニーはベンチの上でうなだれた。「認めるよりほかにないでしょう？」

「それじゃ、問題はあなたがどうするか、だと思わない？　遅かれ早かれ、マテオも真実を知るときが来るわ。でも、わたしはあなたの口から告げたほうがいいと思うの」

「どうやって？」ステファニーの目に涙がこみあげてきた。「あなたはどんな問題でも答えをご存じみたい。だから教えて。マテオにどう言ったら、彼とわたしがもう一度築きつつある関係を壊さずにすむか。それとも、あなたの狙《ねら》いは彼とわたしを別れさせることなの？　またあなたがマテオをひとり占めできるように」

コリーナは写真を受けとり、ステファニーの震える両手をぎゅっと握りしめた。「聞いてちょうだい、いとしい人《カーラ》。わたしはあなたの敵じゃないし、あなたとマテオのあいだに割って入るつもりもないわ」

「でも、現にこんなまねを」

コリーナはまたため息をつき、放す前にもう一度ステファニーの手をきつく握った。

「あなたにどう思われようと、わたしはあなたが好きなのよ、ステファニー。今とても難しい立場に立たされているあなたに同情するし、これからあなたが果たさなければならない義務も決して簡単なものじゃないと思う。でも、もしもどちらかを選べと言われたら、わたしはマテオを選ぶわ。わたしたちはマテオが子供のころからの知り合いなの。この島で毎年のように夏を過ごしてきたから。彼が家族をとても大切に思っているのは知っているし、いつかは彼自身の息子を欲しいと考えているのも知っているわ。だから、サイモンが彼の息子だということを隠して、わたしに彼を裏切ってくれなんて言わないでちょうだい」

「でも、わたしたちは再会したばかりなのよ！」ステファニーは訴えた。「ふたりの関係を築き直そうとしはじめたところなのに！」

コリーナはハンカチをとりだし、ステファニーの頬をそっと拭《ふ》いた。「あなた、マテオを愛しているの？」

「ええ」むせび声がもれる。「昔からずっと」

「だったら、彼を信頼なさい。マテオは道理のわかる心の広い人よ」

「ああ！」ステファニーは思わず叫んだ。「どうしてあと二、三日待ってくれなかったのですか？　週末をマテオと一緒に過ごすまで待ってくれてもよかったのに！」

「だからこそ、このタイミングで話をしようと決めたのよ。週末、マテオとふたりで誰にも邪魔されず、問題を解決する時間がたっぷりあるじゃない」

「マテオはきっと怒るわ！」

「ええ《シ》、かんかんに《フリオーソ》ね。でも、同時に感謝するはずよ、あなたが彼に贈り物をあげたことを。サイモンはすばらしい子だわ。喜んで息子として受け入れるでしょう」ふたたび彼女はステファニーの両手をとり、優しく握った。「信じるのよ、いとしい人《カーラ》！　マテオを信じてごらんなさい」

一時間前は信じていた。一時間前、ステファニーがまだ前夜のことを思い出してうきうきした気分でいたときには……。

「わたし、本当は帰りたくないの」ゆうべ、意に反してマテオの前から立ち去ることができなかったとき、ステファニーはそう告白した。

「だったら帰らなければいい。こんなばかげたことはやめにして、こっちへおいで」

マテオが両手を広げると、ステファニーはそのなかに飛びこみ、首筋に顔をうずめて、温かく、うっとりするような男性的な香りを胸に吸いこんだ。

「わたしのこと、なんてばかな女だと思っているでしょう」

「いいや」マテオは低い声でつぶやいた。「ぼくはきみが考えているよりも、きみのことを理解しているつもりだ」

「でも、わたしは自分で自分が理解できないの」ステファニーは体を反らしてマテオの顔をのぞきこみ、片手を自分の胸に広げた。「マテオ、わたしは自分の気持ちがどうなのかもわからないのよ！　わたしはもう十代の小娘じゃないんだから、自分を抑えなければ。あなたがそばにいなければ抑えられるのよ。なのに、あなたと会うたびに、あなたを欲しいという気持ちがこみあげてきて、ゆうべ、あなたが言ったとおりなの。これはもうセックスだけの問題じゃないわ」

「ああ、違う」マテオはかすれた声で言った。「これは何年も前に互いを見失い、そしてなんらかの奇跡によって、もう一度よく知りあう機会を得たふたりの人間の物語だ。だからこそ、ぼくはきみに一緒に来てくれと頼んだんだ。過去から現在への長い月日をともに旅できるよう」

「そしてわたしは――」

マテオはすばやく情熱的なキスでステファニーを黙らせた。「わかっている。きみには、おじいさんとおばあさんとの約束があるんだろう」

「そんなことを言おうとしたんじゃないわ！」

「違うのか？」

「ええ。父とヴィクターはこの週末をカプリ島で過ごすことにしたの。アンドリューは大学時代の友人を訪ねてローマに行くわ。だから、あなたの気持ちが変わらなければ、週末はふたりでこの島を離れる絶好のチャンスなのよ」

「おじいさんとおばあさんは気にしないかな？」

「ふたりとも口に出しては言わないけど、わたしたちとずっと一緒にいるのは、思ったより疲れるって感じはじめているんじゃないかしら。だから、しばらく静かで平和な時間を過ごせるのはかえってうれしいはずよ」

「今回ばかりは、きみのお父さんに感謝すると言うしかないな」

マテオがゆっくりほほ笑んだ。その黒い瞳は約束すると伝えている。ステファニーは完全に誘惑に屈した。

「わたしともう一度愛しあいたいと言って」

「口に出して言う必要があるかい？」マテオは彼女のヒップをつかみ、麻のズボンを通して興奮がはっきりと感じられる高まりに彼女の下腹部を押しあてた。「ぼくはもう準備ができている、そうしたくてたまらない。きみにはわからないのか？」

「口で言うのは簡単だわ」ステファニーはふざけて恥じらうふりをした。「証拠を見せて」

マテオは低い声で笑った。「それなら、一緒においで、マイ・ラブ」彼はステファニーを軽々と抱きあげた。

マテオの寝室は開け放たれた窓から銀色の月明かりがさしこんでいた。ステファニーのブラウスのボタンを見つけるには充分な明かりだ。彼が興奮して胸を上下させているのもステファニーの目にはっきり見える。

マテオは崇拝の儀式のようにステファニーの服を一枚ずつゆっくり脱がせていった。称賛の言葉をつぶやいては、彼女の肌があらわになるたびに愛撫《あいぶ》で彼女をさいなむ。「ここも……ここも……そしてここも」彼女の喉元、肩のくぼみ、胸のふくらみに、熱く濡《ぬ》れた唇を押しあてる。「太陽にキスされた桃の味がする」

エロティックな愛撫のひとつひとつを、優しい言葉のひとつひとつを、ステファニーはのちの喜びのために記憶にしっかり焼きつけようとした。ところが、マテオがひざまずき、彼女の腿のあいだに顔をうずめた瞬間、あまりの衝撃にステファニーの頭のなかは真っ白になり、膝ががくがく震えだした。

彼女の体の奥から、原始的で荒々しい声がわきあがってきた。マテオの髪をつかみ、彼の肩に爪を立てる。

「もうがまんできない！」ようやく頭のなかの霧が晴れ、口がきけるようになると、ステファニーは懇願した。「今度はあなたの服を脱がせて！　あなたのすべてを肌で感じたいの」

マテオは立ちあがり、ステファニーのなすがままになった。彼女はおぼつかない手つきで彼のベルトをはずし、ズボンのファスナーを下げてシャツの裾《すそ》を引っ張りだすと、ボタンを引きちぎらんばかりの勢いで前を開けていく。分厚くたくましい胸板を両手で撫《な》で、そこから下へと手をすべらせた。彼の引きしまったヒップをつかみ、高まりが彼女に軽く触れるまで引き寄せる。

ステファニーは彼の感触を楽しんだ。長年思い出だけが頼りだったので、現実の血の通ったマテオの体がうれしくて仕方なかった。

「もう死にそうだ！」ステファニーが彼の脚の付け根に指先を這《は》わせ、頭を下げて、興奮のあかしに顔を近づけると、マテオはうめいた。「今度はぼくがきみを懲らしめてやる」

一瞬のうちに、マテオは彼女をベッドの上に組み敷いた。ステファニーは背中にひんやりしたシーツが触れるのを感じた。洗いたてなのだろう、ラベンダーの香りがする。

そこでステファニーの思考回路が停止した。というのも、マテオが彼女の体に容赦なく喜びを与えたからだ。ようやく、彼は静かに、そしてほとんど探るようにステファニーのなかに入ってきた。だが奥までは届かず、ステファニーは心のなかでもっと、と叫ばずにはいられなかった。

彼女が目を開けると、マテオが見下ろしていた。真剣な表情でまばたきもせず、身じろぎひとつせずに見つめている。

しばらくして、マテオはふたたび動きだした。けれど熱のこもらない動きで、天国のような喜びはあまりにも早く消え去った。

ステファニーは懇願しようと口を開いたが、そのすきまにマテオの舌が入りこみ、彼女を黙らせた。

と同時に、激しい動きを再開した。ベッドが揺れ、きしみをあげる。ステファニーは迫りくるクライマックスと闘った。今夜、この瞬間を、頭がはっきりした状態で永遠に記憶にとどめたかった。

でも、そんなこと不可能だ！　大地を揺るがすようなエクスタシーに耐えられるわけがない。ステファニーはあまたの輝く星が自分に降りそそいできた気がした。

だが愛の行為が終わったあと、単にセックスしただけでは得られない心と魂のつながりを感じながら横たわっていたとき、この完璧《かんぺき》な経験はさらにすばらしいものとなった。マテオが彼女の背中を撫でながら言ったのだ。

「男はみんな、女性よりも愚かなんだろうか。それとも、火を見るより明らかなことに今まで気づかなかったのは、ぼくだけなのか」

「火を見るより明らかなことって？」

「きみとぼくは互いのものだということさ。ぼくは最初からずっときみを愛していた。時間も距離もその事実を変えなかった」

ステファニーは喜びで胸がはちきれそうになった。頭のなかでささやく分別の声が喜びに水をさそうとしたが、彼女は聞こえないふりをした。今夜はマテオとわたしのもの、ふたりだけのもの。ほかについては、あとで考えればいい。

〝あとで〟が予想もしないほど早く、あるいはひどく残酷な形で訪れるとは思いもしなかったが。

涙を流しながら、ステファニーはコリーナのほうを向いた。「一度だけでいいから、マテオと楽しい週末を過ごさせて。お願い、コリーナ。マテオとわたしはふたりの関係を揺るぎないものにする必要があるの。衝撃的な事実を打ち明けるにはまだ早すぎるわ」

「この週末が終わったあと、どんな不安が待ちかまえているか、準備ができているの？　その不安をマテオから隠しとおせるの？　彼の腕のなかで嘘をついたり、たじろがずに彼のキスに応《こた》えられる？」

真実が四方からステファニーに殴りかかってきた。彼女の腕に優しく触れるこの美しいコリーナのことを憎めたら、どんなにいいか。コリーナの助言は、ステファニーの幸せを打ち砕こうという悪意から出たものだと思いたい。

だがどちらも不可能だった。ステファニーは両手に顔をうずめ、声をあげて泣きだした。

「ステファニー、いとしい人《カーラ》！」コリーナがステファニーを抱きしめた。「さあ、泣くのはやめて。具合が悪くなってしまうわ」

具合が悪くなる？　それより死んだほうがましだとステファニーは思った。これまで死を考えたことはなかったけれど、今、あまりの速さで手の届く存在になった。

コリーナが立ちあがってステファニーを立たせ、きっぱりした口調で言った。「あなたを家に連れていくわ」

「だめ！」こんな姿をサイモンに見せるわけにはいかない。誰にも見せるわけにはいかない。

「わたしの家によ。家族と顔を合わせる前に、落ち着きをとり戻したいでしょう。安心して、マテオにでくわす心配はないから。彼はあなたとトスカーナに出かける準備のために、イスキア・ポルトまで行ったわ」

コリーナの家に着き、客間に腰を下ろすと、ステファニーは尋ねた。「あなたはどうしてこんなによくしてくださるの？」

「あなたはミスを犯したというだけで、いい人だからよ。そしてマテオがあなたを愛しているから」

ステファニーの胸にかすかに希望の火がともった。「彼があなたにそう言ったんですか？」

「はっきり口に出して言ったわけじゃないわ。でも、わたしは彼をよく知っているし、あなたを見るときの彼の目を見ればわかるの」

それは慰めになる言葉だったが、つかのまの安らぎしか与えてくれなかった。「サイモンのことを打ち明けたら、その目も変わると思うわ」

「明日は坊やも一緒に連れていくつもり？」

「そうしようと思っていたんだけど、一緒に過ごしたいから置いていってほしいと母に頼まれたの。置いていくことにしてよかった。わたしがマテオに非難されているところをサイモンに聞かれたら、ますます難しいことになったはずだから」

「それじゃ、マテオに驚かされるかも。だって、彼もミスを犯したんですもの」

「でもわたしほど重大なミスではないわ」

自分を待ち受けている憂鬱《ゆううつ》な週末を思って、ステファニーはため息をついた。今朝は明日が待ちきれなかったのに、今は明日が来るのが恐ろしくてたまらなかった。

9

トスカーナがイスキアから五百キロ近く離れていることを考えれば、飛行機で行くのだろうとはステファニーも思ったが、マテオが操縦する自家用ヘリコプターで向かうことになろうとは想像もしなかった。

「緊張しているのかい?」シートの肘掛けを関節が白くなるほど握りしめているステファニーを見て、マテオが言った。

「少し」

「ヘリコプターに乗ったのは初めて?」

ステファニーはうなずいた。ヘリコプターが北のティレニア海めざして上昇すると、彼女は歯を食いしばった。

マテオが彼女の膝の上にそっと手を置く。「リラックスするんだ、ステファニー。ぼくの操縦は安全だよ」

「わかっているわ。でも、飛んでいるあいだは操縦桿《かん》から手を離さずにいてくれたほうが、ずっと安心できるんだけど」

マテオは声をあげて笑った。「ぼくは七年前から空を飛んでいるけど、事故を起こしそうになったことは一度もないよ。それにこれは、コリーナのご主人が亡くなる直前に買った最高級のヘリコプターだ。彼はいつも最上のものでなければ納得しない人だったから。ゆったりくつろいで、景色を楽しんでくれ、ぼくの大事な人《テソーロ》。日が暮れるまでに何事もなく着陸すると約束する。二時間のフライトだ」

「正確にはどこに着陸するの？」勇気を出してステファニーは下をのぞいた。見えるかぎり、リボンのようなイタリアの海岸線が続いている。「トスカーナと言っても本当に広いわ。わたしたち、フィレンツェに向かうの？」

「だったらうれしいかい？」

芸術の都フィレンツェはステファニーにとってロマンティックな印象があり、いつか必ず訪れたい街のひとつだった。「ええ。本や雑誌でいろいろ読んでいるから」

「だったら、残念ながら、がっかりさせてしまうな。これから行くのは、ぼくの故郷、ルッカだ。中世の趣が残る小さな町で、フィレンツェほど観光客に人気はなくても、みごとな建築物が見られる本当に美しいところだよ。もっと長く滞在できるなら、フィレンツェにも案内したかったけど、車で一時間ほどかかるし、ゆっくり見てまわらないともったいない。だから次回にとっておくよ」

次回なんてありえない。そう思ったが、ステファニーは言わずにおいた。言えば、どうしてときかれるに決まっている。

代わりに、設備の整った機内を指さしながらステファニーは尋ねた。「ヘリコプターの操縦は仕事のため？　それとも趣味で覚えたの？」

「おもに仕事のためかな。ヘリだと、カラーラからイスキアへの移動に時間がかからないんでね」

「コリーナは気にしないの？」

「気にするって、何が？」

「だって、あなたは彼女の家の庭師用コテージに住んでいるんでしょう。彼女のための仕事もしているんじゃないの？　それに、これはコリーナのヘリコプターだし……」

マテオはふたたび声をあげて笑ったが、今度の笑いには何かが含まれていた。皮肉？　それともからかっているの？

「きみは本当にぼくのことを何もわかっていないんだね、ステファニー」

「ええ、わかってないわ」

マテオの目の表情が読めればいいのに。しかし、彼が顔を向けても、ステファニーに見えるのは黒いパイロット・サングラスに映る彼女自身の顔だけだった。

「わたしたち、寝室以外の場所ではお互いのことをほとんど知らないも同然だわ。十年前のある日突然、あなたはわたしの前に現れた。でも、わたしはその理由を尋ねようともしなかった」

「理由なら知っているじゃないか。ぼくはきみのおじいさんの発明品が実用に耐えられるかどうか、確かめに行ったんだ」

「ええ。でも、カラーラがブラムリー・ポイントから地球の反対側にあることを考えると、理由がそれだけだったとは思えない。わたし、あなたがどんな生活を送っている人かとか、個人的なことは一度も尋ねなかった。わたしの頭にあったのは、次に母屋を抜けだして、あなたと愛を交わせるのはいつかということだけで……」ステファニーは不思議そうにマテオを見た。「あなた、祖父の設計図についてどこで話を聞いたの？　祖父は著名な地質学者だったけど、専門雑誌や何かに研究発表をしたことはなかったのに」

「きみのおじいさんとぼくの祖父は第二次世界大戦が終わるころ出会って、親しくなったんだ。ふたりは違う世界の出身だったけど、共通点がいろいろあったし、どちらも採石業に関係していて、革新的なアイデアを持っていた。だからずっと連絡をとりあっていたらしい。きみのおじいさんが従来の採石法を大きく変える機械を考案したと聞いて、祖父は大理石産業にそれを応用できないかと、調査のためにぼくを派遣したんだ」

「そんなに親しかったのなら、あなたのおじいさまはどうしてご自分でブラムリー・ポイントに行こうとしなかったのかしら？」

「あのころはもう、長旅はできない体になっていたんだ。戦争で負った傷と体調不良のせいもあって。だけど、ぼくにとっては幸運だった。さもなければ、ぼくは今年の夏まできみに出会えなかったわけだから」

十年前にマテオと出会わなければ、事情は今と大きく違っていた！　ステファニーは運命の皮肉に泣きたくなった。けれど、彼女にサイモンを与えてくれた運命を後悔したことはない。

「おばあさまのことは言わないのね」それは危険な話題だと知りながら、ステファニーはきかずにいられなかった。「おばあさまはお元気なの？」

「ああ《シ》」

たちまち心臓が大きくはねあがった。代わりに声は小さくなる。「どんな方なの？」

「母をそのまま年とらせた感じだよ」

「あなたのお母さま？」ステファニーはぽかんと口を開け、まじまじとマテオの顔を見た。

「ああ《シ》」面白がっているような声がステファニーのヘッドホンを通して聞こえてくる。

「なんでそんなに驚くんだ？」

まるで殺人犯が執行猶予を言いわたされたかのようにステファニーはほっとした。「わたしはてっきり、あなたが父方のおばあさまの話をしていると思っていたのよ」

「ああ、なるほど《カピスコ》！　いや、父方の祖母はぼくが六歳のときに亡くなったから、ほとんど覚えていないよ。父方の祖父母は戦後、イスキアに引っ越してしまった。だから、母方の祖父母に比べたら、ぼくの人生のなかではそれほど大きな位置を占めていない。八年前に祖父が亡くなるまで、ぼくは毎年夏に訪ねていったけど、それ以外はあまり顔を合わせたことがない」

「母方のおじいさま――わたしの祖父が親しかったというおじいさまは?」

マテオの口元が急に悲しそうにゆがんだ。「半年前に亡くなったばかりだ」

ステファニーは彼に触れたかった。キスと愛撫《あいぶ》で気持ちを伝えたかった。まるで自分のことのように悲しいと。「あなた、おじいさまととても仲がよかったのね」

「ああ。祖父というより父に近い存在だった。父はぼくがまだ十一歳のとき、仕事中に命を落とした《シ》。男の子にとって、男親なしに育つには難しい年ごろだ。それに、ぼくは手のかかる子供だったし。祖父がいなかったら、本当に厄介な人間に育っていただろう」マテオは陰鬱《いんうつ》な笑い声をあげた。「どっちにしろ、厄介な人間になったと言う人もいるかもしれないな」

「わたしはそうは思わないわ。子供のときは厄介なところがあったとしても、おじいさまはあなたを誇りに思ってらしたはずよ」

「そう願うよ。祖父には本当に世話になった」マテオは機体の前方から、何もない空へと視線を転じ、そして計器類に目を戻した。操縦桿を少しだけ修正し、ふたたびシートにもたれて言葉を継ぐ。「きみのサイモンにもいずれ男性の助言が必要になるよ。男の子にとって十代は危険な時期だ、とりわけ今みたいに難しい時代は」

サイモンの名前が出たとたん、緊張に顔がこわばった。それを見られたくなくて、ステファニーは前方を向いたまま言った。「よくわかっているわ」声が硬くとがる。

彼女の冷たい返事は緊張しているせいだろうとマテオは解釈した。「音楽でも聴けばリラックスできるかもしれない。きみは何が好きかな？　ここにあるのは《グランド・オペラ・コーラス》、ショパンの《ノクターン》、それから映画のサウンドトラックの――」

「ショパンをお願い」会話を終わらせる口実ができてステファニーはほっとした。座席のヘッドレストに頭をもたせかけて目を閉じる。

本当にリラックスできるとは思っていなかった。だが、前夜ほとんど一睡もできなかったからだろうか、いつのまにかうとうとしはじめ、気づいたときにはヘリコプターは草原のヘリポートに着陸したところだった。

マテオがサングラスをはずした。「ルッカへようこそ、ステファニー。無事に連れてくると約束しただろう？」

「ええ。疑ったりしてごめんなさい」

「ぼくは約束は必ず守る男だ」マテオはステファニーの頬にそっと触れた。「きみとの約束はとくにね、ぼくのいとしい人《ミア・インナモラータ》」

お願い、わたしにそんなに優しくしないで！　心のなかで叫びながらステファニーは顔をそむけ、目を閉じた。わたしにはそんなふうにしてもらう資格はない。

彼女が何かに苦悩しているのを感じて、マテオは無理やり自分のほうを向かせた。「どうした、ステファニー？　ぼくと週末を過ごすのを考え直したくなったのか？」

「いいえ」

突然ステファニーは心を決めた。わたしには、サイモンが彼の子供だと告げる倫理的な義務があるかもしれない。でも、急いで打ち明けて、せっかくふたりで過ごせる時間を台なしにするのはいやだ。まずは親密で特別な思い出のタペストリーを織りあげて、それが告白のショックをやわらげてくれることを期待しよう。

「あとで何が起ころうと、この週末はわたしにとって忘れられないものになるわ」

「それなら、どうしてそんなに悲しそうな顔をするんだ？　やっぱりサイモンを一緒に連れてくればよかったと思っているのか？」

「いいえ。もちろん、あの子は恋しいけど、これから数日間は本当にあなたとふたりだけで過ごしたいと思っているの」ステファニーは窓の外に広がる緑の丘や、旧市街に張りめぐらされた年代を感じさせる塀、その上にそびえる塔を指さした。「わたしがうわの空みたいに見えたら、それはたぶん、いろいろと圧倒されてしまったからよ。ヘリコプターでの移動や、あなたが話してくれたこと、昔に戻ったような感覚に」

「ともかく今日は長い一日だった、おなかがすいているだろう」

「そうでもないわ。昼食をとったのが遅かったから。そろそろ脚は伸ばしたいけど」

「だったら、ちょうど地上での移動手段が到着してよかった」マテオはヘリコプターのドアを開けて地面に飛びおりた。同時に、車体の低い黒いフェラーリが数メートル離れた場所に止まった。

マテオはヘリコプターから降りるステファニーに手を貸し、車を運転してきたアドリアーノを紹介した。

「こんばんは《ブオナ・セーラ》、シニョーラ！」アドリアーノは浅黒い顔に白い歯をのぞかせて笑った。五十代なかばと思えるハンサムな男性で、力仕事で鍛えられたようなたくましい体をしている。

ステファニーを車に乗せながら、マテオが大きな声で言った。「あとは頼むよ、アドリアーノ。それから月曜日の午前中に飛びたてるよう、準備しておいてくれるね？」

「了解《シ》、シニョール・デ・ルーカ。まかせてください」アドリアーノはもう一度ステファニーにほほ笑みかけた。「楽しんでください《ブオン・ディヴェルティメント》、シニョーラ！」

「彼はなんて言ったの？」車が走りだすと、ステファニーは尋ねた。

「きみは月曜日までずっとぼくと愛を交わしつづけるだろうけど、どうかイスキアまで操縦して帰れなくなるほど、ぼくをくたくたにしないでくれ、と言ったのさ」

ここ数日間で初めて、ステファニーは心から笑った。「嘘《うそ》ばっかり！」

「まあ、はっきりそう言ったわけじゃないが、意味は一緒だよ。楽しい時間を過ごしてくれと言ったんだ。ところで、疲れているかい、いとしい人《カーラ》？」

「今は地上に着いたから平気よ」

マテオは彼女の手をぎゅっと握った。「それなら、明るいうちに田園を案内しよう。きみと話したいことがあるんだ」

ステファニーはかすかな不安に襲われた。「なんだか深刻そうね」

「大事な話なのは間違いないけど、きみが思うような深刻な話ではない」

フェラーリは曲がりくねった細い道に入り、黄金色の光に包まれた黄昏《たそがれ》時の丘を走りだした。三十分ほどして、〝私有地につき立ち入り禁止〟と書かれた立て札のところでもう一度曲がり、一キロ走った小さな湖のほとりで車は止まった。

車を降りたマテオは、助手席側にまわってドアを開けた。

「少し歩こう」彼女と手をつなぎ、湖に向かって歩きだす。「これから三日間、どんなところに滞在するか、きかないんだね」

ステファニーは本心とは裏腹の陽気なふりを装った。「ここでキャンプでもするの？」

「きみとキャンプするのは楽しいだろうけど、でも違う。母と祖母がわが家に泊まってほしいと言っているんだ」

「まあ！」ステファニーは驚きに息をのんだ。「で、あなたは、あらかじめ言ったら、わたしがいやがるかもしれないと思ったのね？」

「イタリアでは、非常に真剣に考えている相手でなければ、女性を家に連れていって家族に紹介したりしないんだ。もしきみがまだ、そこまで心の準備ができていなければ、そう言ってくれ。ホテルを手配するから。そもそも、ぼくはきみとホテルに泊まるつもりだった。ところが、きみをルッカに連れてくると聞いて、母と祖母が、きみは単にぼくの人生を通りすぎていくだけの相手じゃないと察したらしい。ぜひともわが家に泊まってもらってくれと言いだしたんだ。どう思う？」

どう思うかですって？　光栄だわ。そして不安だ。とても怖い！

わたしが真実を告白しても、彼はわたしを自分の家に泊めたいと思うだろうか？　もう一度わたしを求めるだろうか？

「ためらっているね」マテオはささやき、彼女の頬に指先でそっと触れた。「ぼくは多くを期待しすぎかな？」

ステファニーは首を横に振った。それは致命的な失敗だった。なぜなら、目にたまっていた涙がどっとあふれだし、まつげを濡《ぬ》らして、きらきらと輝かせたのだ。

「いいえ。わたし、あなたのお母さまやおばあさまの配慮に感動しているの」

「ぼくの母は六十六歳で、祖母は八十七歳だと言っておくよ」

「それが何か？」

「ふたりとも昔風のイタリア人だ」マテオは残念そうな表情になった。「それは、ぼくたちが別々の寝室で眠らなければならないという意味だ」

ひと晩中彼の腕に抱かれることは許されないの？　ふたりの体が満たされるまで繰り返し愛を交わすことは無理なの？　二、三時間休んで目を覚ましたら、ふたたび愛しあうことも？

本当なら、それは気にならないはずだった。もしもそういうチャンスがふたたび訪れるなら。けれど、今の状況を考えると、ステファニーはひどく落胆した。

彼女の顔に浮かんだ落胆の色を誤解し、マテオは彼女に訴えた。「泣かないで《ノン・ピアンジェレ》、ぼくの大事《テゾーロ》な人！　愛しあう場所はほかにもある」

ステファニーの顔を両手で包み、頬についた涙の跡にキスの雨を降らせる。

「今……この場所で」唇にささやきかける。「ここで……愛しあえばいい。おいで、ステファニー、向こうの岩場にすきまが……」

「だめよ！　誰かに見られるかもしれないわ」

「誰にも見られるものか」マテオが荒々しい声で言った。「この土地は私有地だと立て札があっただろう。このあたりの住人はそういう警告を無視したりしない」

「だったら、どうしてわたしたちは無視してもいいの？」

マテオはもう一度、長々と唇を重ねた。「ぼくたちにはその権利があるからさ」

彼の唇、欲望にかすれた声が、胸から両脚の付け根へと熱い官能のさざ波を走らせ、ステファニーはマテオにしがみついた。彼の唇の感触と味わいをむさぼりたい、彼に奪われたい。ステファニーはもう何も言わず、マテオが先ほど言った奥まった場所までついていった。

日はすでに落ちていたが、空はラズベリー色に染まり、岩と岩のあいだのこまかい砂には昼間のぬくもりが残っている。あたりを点々と彩る黄色や紫の野の花。湖の岸に打ち寄せる波のささやき。眠たげな鳥の鳴き声。

マテオが彼女の服を脱がせ、あらわになった肌に手を這《は》わせると、ステファニーの体はうっとりするような期待に打ち震えた。

マテオは静かにステファニーとひとつになった。熱く、力強い高まりをなめらかに侵入させると、両腕をつき、情熱のこもった黒い瞳でステファニーを見下ろす。そしてさし迫った動きで大きく一度、腰を動かした。

「十年前、ぼくがどうしてきみと別れたか、わかるかい?」マテオはかすれた声で尋ね、もう一度すばやく、有無を言わさず彼女を貫いた。「わかるか、ステファニー?」

「ええ」かすれた声しか出なかった。「わたしが多くを求めすぎたからでしょう」

「はずれだ、ぼくの大事な人《テソーロ》」三度目の動きはあまりにも激しかった。「きみにかきたてられる感情が怖かったんだ、ぼくにはコントロールできない感情が」

ステファニーはマテオの肩に爪を立て、彼に合わせて腰を浮かした。「心の準備ができていなかったのね、マテオ」

「今はできている」彼は声を振りしぼった。額に汗がにじんでいる。

人に見られるかもしれないという不安はどこかへ消え去り、ステファニーはマテオの腰に脚をからませた。彼女にとって、この世に存在するのは彼だけになった。マテオが彼女の世界だった。彼のすべてが欲しい。わたしのなかで解き放ってほしい。情熱的なキスでわたしは彼のものだという一生消えない焼印を押して。

過去に何があったとしても、明日どんな障害に突きあたろうとも、今この瞬間はすべてが正しく、偽りもなく、このうえなく完璧《かんぺき》だった。この経験をいつまでも思い出させてくれるもの、不滅にしてくれる何かが欲しい。

ああ、彼の赤ちゃんが欲しい。もう一度！　情熱がはじけるような絶頂に達し、ふたりの体がひとつに溶けあったとき、ステファニーはマテオが今回も避妊していたことに気づき、つかのま刺すような喪失感をおぼえた。

もちろん、すぐに分別が戻り、マテオが準備周到だったことを感謝すべきだと思った。だが、これまで抑えてきた思いは抑えきれず、言葉が口からほとばしり出た。

「愛してる、マテオ」長いあいだ心の奥にしまいこんできたことを口にした解放感から、ステファニーは全身を震わせた。「心から愛しているわ！」

　マテオが頭をもたげ、心配そうな色を目に浮かべて彼女を見下ろした。「震えているじゃないか、ステファニー」

「そんなことないわ」とは言ったものの、実際、歯がかちかちと鳴っている。

「震えているよ！」マテオははじかれたように身を起こし、彼女の服に手を伸ばした。

「ぼくはなんて自分勝手なんだ！　さあ、いとしい人《カーラ》、手を貸すから服を着て」

　急に寒けに襲われたのは、気温とはまったく関係ない理由からだった。彼が肩にブラウスをかけるあいだ、ステファニーはじっとしていた。「今わたしが言ったこと聞こえた、マテオ？」

「聞こえたよ」マテオはひざまずいて彼女にショーツをはかせた。足を片方ずつ上げさせ、サンダルをはかせる。

　彼の日に焼けた肩や、豊かな黒髪を見つめながら、ステファニーはうつろな声で尋ねた。

「それで、言うことはないの？」

「驚いたよ、それだけだ」マテオは急によそよそしい口調になった。スカートから砂を払って彼女に渡し、彼自身も急いで服を身につける。

「わたし、あんなこと言わないほうがよかったのね。そうでしょう？」

「ばかな。今の言葉を女性の口から聞きたくない男がどこにいる？」

「わたしから聞きたくなかったのよ！」

「違う、ステファニー。ただ、ぼくにはきみが本気で言ったと思えないんだ」

「どうしてそう思うの？」ステファニーは叫び声になった。

「さっきの言葉は不安な思いから出たものだ。きみがぼくを信頼して、心から〝愛している〟と言ってくれるようになったら、本当にうれしいよ」マテオは大きくため息をついた。

「今回は十年前とは違う。きみを傷つけたりしない」

マテオの洞察力と率直さに、ステファニーは打ちのめされた。「わたしがあなたを傷つけたら、どうする？」ささやくようにきき返す。

「そんなことは起こらない。きみが人を傷つけるなんて、できるわけがない」

ああ、神さま！

今こそ彼に打ち明けるのよ！　良心の声が彼女に迫った。

だがステファニーにはできなかった。

10

内心の苦悩を鋭く見抜かれ、動揺していたステファニーは、彼が無造作に〝家《カーサ》〟と呼んでいたものを目にして、完全に落ち着きを失った。

彼女が想像していたのは、淡いクリーム色の壁にブーゲンビリアがからまり、庭へ続く砂利を敷きつめた小道のある、小さくてかわいらしい家だった。それはイスキアでマテオが暮らしているコテージに似ていなくもない。六十代の母親はイタリアの女性にふさわしい厳粛な黒のドレスに身を包み、間違いなく老齢の祖母もやはり黒を着ているはず。

ところが、石の門柱のあいだを通り抜け、長い私道を走った末に見えてきたのは、手入れの行き届いた広大な庭園のなかに立つ堂々とした邸宅だった。ステファニーはぽかんと口を開けた。こんな豪邸を単なる〝家〟と呼ぶなんて、控えめな表現にもほどがある。

「まさか、ここがあなたの家じゃないでしょう！」とてつもない衝撃を受け、ステファニーは叫び声をあげた。

マテオが面白がっているような表情で助手席を見た。「どうして？」

「だって……」ステファニーは侮辱的に聞こえない返事を探した。「年輩の女性がふたりで暮らすにはあまりにも大きすぎるもの」

マテオがにやりとする。「母も祖母も人を大勢もてなすのが好きなんだ。〝年輩の女性〟にしては、ふたりとも非常に活動的だからね」

「でも、マテオ!」ステファニーは呆然《ぼうぜん》とし、目の前の優美な建物をまじまじと見た。ギリシア式円柱に支えられた中央部は二階建てで、そこから一階建ての翼棟が左右にのびている。「こんなに美しいお屋敷は初めて見たわ」

「下層階級の労働者には贅沢《ぜいたく》すぎる?」

「そんなこと言ってないでしょう」ステファニーは言い返したものの、顔が燃えるように真っ赤になった。「わたしはただ……だって、あなたはコリーナのところの庭師用コテージに住んでいるって言ったから。本当なら……」そこでステファニーははっと口を押さえた。

「隣のずっと堂々とした別荘《ヴィラ》に住める経済力があるのに?」マテオが代わって続ける。「ぼくが祖父から相続した邸宅に? 今は、古くからのすごく親しいカナダ人一家に貸しているんだ。なんだかショックを受けているみたいだね、ステファニー。どうしたんだい?」

「ショックなんか受けてないわ。ただ、あなたはひと言も言わなかったから。その……」

「金持ちだって？」

ふたたびステファニーは返事に窮した。だが、今度ばかりは本当のことを言うしかなかった。「まあ……あなたがそういう言葉を使うなら、そうよ」

マテオは前庭に車を止めると、もう一度面白がっているような表情で彼女を見た。「言わなければいけなかったかな？　ぼくが金持ちか貧乏かによって、何か違ってくるのかい？」

長身の使用人が屋敷から急ぎ足で出てきて、運転席側のドアを開けてくれたおかげで、ステファニーは返事をせずにすんだ。

「おかえりなさいませ、シニョール・マテオ」使用人は助手席側にまわってきた。

「こんばんは《ブオナ・セーラ》、シニョーラ」

「こんばんは《ブオナ・セーラ》」ステファニーはどうにか答えたものの、頭のなかは混乱しきっていた。

「ようこそ、ヴィラ・ヴァレンティへ」

「ありがとう《グラツィエ》、エマヌエーレ」マテオは使用人に車のキーを渡し、ステファニーの腕をとった。「母と祖母はイブニングサロンだろう？」

「さようです《シ》、シニョーレ」エマヌエーレはにっこり笑った。「それから、シャンパンも冷やしてございます」

「すばらしい《エッチェレンテ》」マテオはステファニーの背中に手を添えた。「心の準備はいいかい、ぼく《テ》の大事《ソーロ》な人。ふたりの猛女に会うときが来た」それから彼女の耳元に顔を近づけ、低い声でささやく。「ひとつ忠告しておく。祖母の口髭《ひげ》をじろじろ見ないようにしてくれ。さもないと、祖母ににらまれる。ああ、それから母は右手の指が二本ないんだ。子供のころ、石切り場の仕事を手伝っていて、事故にあってね。気まずい雰囲気になるのを避けるために、前もって注意しておいたほうがいいだろう？」

猛女？　口髭？　右手の指が二本ない？

なんてこと。次はいったい何が出てくるの？

あまりにもいろいろなことがいっぺんに起こりすぎている。ステファニーはまだすべてに立ち向かう準備ができていなかった。けれど、マテオは彫刻がほどこされた玄関扉を足早に抜け、優美なエントランスホールへと彼女を導いた。

そこから、やわらかな明かりがともった中央の広い廊下を進む。絵が描かれた高い天井、大理石の床、金縁の額に入った数々の肖像画、巨大な花器に生けられた豪華な花がステファニーの目にとまった。彼女が落ち着きをとり戻すのはおろか、呼吸も整えられずにいるうちに、マテオは奥のドアを開け、居間に案内した。そこは青の濃淡に白をきかせた趣味のいい部屋だった。

ステファニーの目は、窓際の高価なソファに座っていたふたりの女性に吸い寄せられた。マテオが呼ぶところの猛女たちは、すぐにそろって立ちあがり、うれしそうな声をあげて近づいてきた。

背が高いほうの女性は、黒髪で目をみはるほど美しく、満面の笑みを浮かべていた。すばらしい仕立てのクリーム色のシルクドレスを着ている。ヒールの高い靴はピアスのガーネットと同じ色で、右手には華麗なディナーリングが輝いている。

マテオの祖母は豊かな白髪を優雅に結いあげ、ダークブルーのシルクのロングスカートにおそろいのブラウスという装いだ。ネックレスとイヤリングをしたおしゃれな高齢の女性を見て、ステファニーは驚いた。

「やっと着い《フィナルメンテ》たのね！」マテオの母がうれしそうに言い、背伸びをして息子にキスをした。

続いて祖母が孫をぎゅっと抱きしめる。

マテオはふたりの歓迎を礼儀正しく受けとめてから、ステファニーのウエストに腕をまわし、愛情あふれる家族の輪に引き入れた。

「お母さん《マードレ》、おばあさん《ノンナ》、ステファニー・レイランド＝オーウェンを紹介させてもらうよ。ステファニー、母のシニョーラ・デ・ルーカと祖母のシニョーラ・ベルルスコーニだ」

マテオの母は美しくマニキュアがほどこされた手でステファニーの顔を包み、両方の頬に代わる代わるキスをした。「わが家に来ていただけて、本当にうれしいわ」わずかに訛《なまり》があるとはいえ、みごとな英語で彼女は挨拶《あいさつ》した。「ねえ、お母さん《マードレ》」

「ええ《シ》」同意したマテオの祖母もステファニーにキスをした。年齢とトスカーナ地方の強い日差しのせいで、少ししわは寄っているものの、彼女の顔には口髭など一本もない。

「それから、わたしのことはノンナと呼んでちょうだい」

　マテオが書き物机に置かれた銀のアイスバケットからボトルをとりだした。「みんな、シャンパンを飲まないか？」

「もちろんよ」ステファニーをソファに案内し、シニョーラ・デ・ルーカは並んで腰を下ろした。「わたしたち、今夜のうちにお互いをよく知りあっておかなければね、いとしい人《カーラ》」彼女は告白した。「明日はわたしたちだけで過ごせないの。親戚《しんせき》があなたに会いたがっていて、明日やってくるのよ」

　マテオが顔をしかめた。「親戚全員じゃないだろうね！　ぼくはステファニーをみんなに見せびらかすために連れてきたんじゃない、この辺を案内したいんだ」

「時間は充分あるわよ」母親は請けあった。「明日少人数のディナーパーティと、日曜日に簡単な昼食会を開くだけだから。あなたがステファニーに田園を案内してまわるあいだ、みんなはわたしがもてなすわ」

〝少人数の〟や〝簡単な〟といった言葉は、この贅沢で優雅な世界ではふつうとは比較にならないはずだ。ディナーの前に着替えをするため、ステファニーが案内された寝室は、居間とバスルームがついたスイートルームだった。美しい四柱式ベッドから彫刻のほどこされたライティングデスクまで、プリンセスにぴったりの部屋だ。

四人のディナーはお抱えの料理人によって調理され、執事のエマヌエーレによって供された。マテオはダークスーツに白いシャツ、シルクのネクタイという格好で現れ、彼の母と祖母はディナードレスに着替えてダイヤモンドを身につけている。

夜のために何かドレッシーな服を持ってくるようにと、マテオが前もってアドバイスしてくれたのは本当にありがたかった。ステファニーは、黒いタフタのロングスカートの上に着た象牙《ぞうげ》色のビーズのカットソーを目立たないように引っ張った。マテオにはもう充分驚かされた。これ以上困らせたりしたら、許さないから。

けれど、食事が終わり、寝室に戻って大理石のバスタブに首までつかると、マテオにすっかりだまされたのは自分の責任だと認めざるをえなかった。

気をつけてさえいれば、再会した当初から気づいたはずなのだ。

彼がイスキアの見るからに高級なクラブの会員だったこと。コリーナが彼を単なる昔なじみとしてではなく、社会的に同じ階級の人間として扱っていたこと。すべてが、マテオは上流階級の出身であることを示している。マテオ・デ・ルーカはステファニーの父や兄がなりたくてもなれないほど超上流階級の人間なのだ。

うめき声をあげ、ステファニーは頭まで湯のなかに沈んだ。こんなに屈辱感を味わわされたのは初めてだ。でも、これで終わりではない。わたしはまだサイモンのことを彼に話さなければならないのだから。こんなにも思いやりに欠けるわたしに、同情と理解を期待する資格があるだろうか？

その心配は翌日もステファニーの頭から離れず、彼女がデ・ルーカ家の邸宅について学ぶ喜びを台なしにした。それは、古典主義建築様式で有名な十六世紀の建築家、アンドレア・パラディオによって設計されたという。

母屋の奥に立つ、美しい小さな礼拝堂に案内されたとき、ステファニーはみじめさで胸がいっぱいになった。

「わが一族の結婚式《マトリモーニオ》と赤ん坊《バンビーノ》の洗礼式はここで行われるのよ」マテオの祖母がそう言って彼女にウインクしたのだ。

マテオとわたしが最初からもっと正直になっていたら、わたしたちの人生は今とどれほど変わったものになっていただろう。もしもわたしが妊娠を打ち明け、マテオがわたしを愛していると認めてくれていたら！　サイモンはこの愛情にあふれた、固いきずなで結ばれた家族のあいだで育ったかもしれないのだ。

そうしたら、チャールズとの悲惨な結婚生活も、嘘《うそ》をつく必要も、罪悪感をおぼえることもなく、生きてこられたのに。

でもわたしは今、マテオと彼の家族から、そしてサイモンからどれだけの幸せを奪ったか率直に認めるという、難しい責務に直面している。

マテオたちは赤ん坊だったときのサイモンを見ていない。あの子が初めて笑ったとき、初めての歯が生えたとき、初めて歩いたときも。ピーナツバターが大嫌いで、いか料理が大好物だということも知らない。

彼らはサイモンについて何も知らないのだ。サイモンも彼らについて何も知らない。すべてはわたしの責任だ。

「悲しそうな顔をしているわね、いとしい人《カーラ》」土曜日の夜、カクテルの時間に、マテオの母がステファニーを隅へ連れていった。彼女はテラスで歓談している親戚の一団のほうに首を傾けた。「一度に受け入れてもらうには多すぎたかしら?」

ステファニーは唇が震えそうになるのをなんとかこらえた。マテオの母の思いやりがつらかった。この週末が終わるまでに、それはわたしへの嫌悪へと変わるかもしれない。

「わたし、息子のことを考えていたんです」

「サイモンだったわね? マテオがとてもいい子だと言っていたわ。坊やが恋しいの?」

「ああ、シニョーラ・デ・ルーカ」ステファニーはむせび泣きそうになり、目をしばたたいた。「それだけならよかったんですけど」

「うちの息子があなたのサイモンを受け入れないのではないかと心配しているの?」マテオの母はステファニーの腕にそっと触れた。「それは心配ないわ、ステファニー。マテオはあなたの坊やのとてもいい父親になるでしょうし、わたしたちもあなたの坊やを心から歓迎するわ、あなたを歓迎したように」

「残念ですけど」ステファニーは感情をコントロールできなくなってきた。「そのお気持ちは変わるかもしれません……サイモンのことを……あの子の本当の父親が誰か、お知りになったら！」叫ぶような声になった。自分が抱えている秘密の重みにこれ以上耐えられなかった。

マテオの母はちらっとテラスに目をやった。自分がいなくても客は楽しんでいると見てとり、ステファニーを応接間から書斎へと連れていった。彼女を椅子に座らせ、机の上のデカンタからブランデーを二、三センチほどグラスにつぎ、彼女がそれを飲むまで待つ。

「それじゃ、サイモンは亡くなったご主人の子供ではないの？」ステファニーは目を伏せた。「ええ」罪悪感でがんじがらめになるのを感じながら。

「マテオはそのことを知らないのね？」

「はい」

「どうして？」

「彼に話すのが怖くて……父親が誰か」ほとんど聞きとれないほど小さな声になった。

沈黙が流れる。ステファニーの心臓が激しく不規則な鼓動を刻んでいる。汗が背中を伝い、手も汗ばんできた。

ついにシニョーラ・デ・ルーカが尋ねた。「マテオなの？」

涙で喉をふさがれ、ステファニーは何も言えなかった。言う必要はない。言わなくてもマテオの母はわかってくれたから。

「神さま《ペル・カリタ》！」シニョーラ・デ・ルーカは小さく驚きの声をもらした。「どうか孫ができますようにと、何年も祈りつづけてきたのよ。神さまはとっくに聞き入れてくださっていたのね」

彼女は窓辺へ歩いていき、糸杉の上に昇ろうとしている月を見つめた。

「このことはマテオに話すつもり？」

「はい。この週末に話そうと決心したんです。でもわたし、ルッカに着くまで、こちらに泊めていただくことになっているのを知らなくて。おふたりにお会いしたら、こういう話をするのがますます難しくなってしまって……」ステファニーは大きく息を吸った。「おふたりとも、とても優しく、温かく迎えてくださいました。でも、わたしがひどい嘘をついていたことがわかった今となっては、わたしの顔なんて見たくもありませんよね」

シニョーラ・デ・ルーカが返事をするまで、長く張りつめた沈黙が流れた。「あなたはわたしの孫息子の母親よ、ステファニー。それだけでも、いつだってこの家で歓迎されるわ。この新たな事実を知ったら、マテオがどういう反応をするかわからない。あなたたちの関係にどんな影響があるかも。でも、あの子は自分の息子に背を向けて歩き去ったりはしないわ。それから、あなたが自分を厳しく責めつづけないよう、ひとつ言わせてちょうだい。子供を身ごもることは、あなたひとりではできなかったのよ。あなたがマテオにもっと早く打ち明けられなかった理由がなんであれ、今あなたたちが直面している問題については、マテオにも半分責任があるということよ」

そのとき、書斎のドアにノックがあった。マテオに違いない。ステファニーは気が動転し、はじかれたように椅子から立ちあがった。だが部屋に入ってきたのは祖母《ノンナ》だった。

「あなたたち、ここに隠れていたの？」彼女は自分の娘からステファニーへと視線を移し、察しをつけた。「何か問題があるのね？」

「ええ《シ》」シニョーラ・デ・ルーカは母親がドアを閉めるのを待って、前置きなしに告げた。「ステファニーの子供の父親はマテオなの」

「ちっとも意外じゃないわね」祖母《ノンナ》は驚くほど落ち着き払っている。「ふたりは何年も前に出会っていたんだし、マテオとステファニーのあいだには情熱の炎が燃えているんですからね。ステファニーがイタリアへ来てから燃えあがったにしては激しすぎる炎が。それはお互いを見つめる目を見れば、誰にでもわかるわ」

「問題はね、お母さん《マードレ・ミア》、マテオはそれが自分の子だと知らないことなのよ」

祖母《ノンナ》は肩をすくめた。「男ってどうしようもありませんね。いつだって、火を見るより明らかな事実になかなか気づかないんだから。でも、今この時点でもっと大事なのは、マテオがステファニーを捜していて、まもなくここへやってくるはずだってことよ。マテオが来る前に、わたしたちはここから出ていったほうがいいわ。こういう問題はふたりだけで解決するべきだもの」

彼女はステファニーに近づき、頬に温かいキスをした。

「泣かないで《ノン・ピアンジエレ》！　必要なときは、わたしたちがそばについていますからね」

「ええ《シ》」マテオの母が急いでつけ加えた。「どんな結果になろうと、わたしたちはあなたの味方よ、ステファニー」

気がつくと、ステファニーは書斎にひとりになっていた。まもなくマテオが現れ、彼女の顔をひと目見るなり、何か悲しいことがあったに違いないと察した。

「泣いていたんだね」立ちつくすステファニーの前に立ち、マテオは彼女を抱きしめた。「どうしたんだ、いとしい人《カーラ》、何があった？」

ステファニーはつかのま、たくましいマテオに身をまかせることを自分に許した。彼女を抱く腕の感触、胸に伝わる彼の鼓動、そして彼のにおいをゆっくり味わう。

マテオは一歩後ろに下がると、ステファニーの顔を見つめた。

「お願いだ《ペル・ファヴォーレ》、泣かないで《ノン・ピアンジエレ》、スウィートハート！」

「わたしも泣かないよう努力してるのよ！」ステファニーはしゃくりあげた。

マテオは眉をひそめて彼女の顎をつかみ、上を向かせた。「ここへ来る途中、母と祖母とすれ違った。きみがとり乱しているのは、ふたりのせいじゃないだろうね？」

ステファニーは流れる涙を乱暴にぬぐった。「まさか！　あなたのお母さまとおばあさまは、この世で最高にすばらしい人たちだわ。わたしはこんなによくしていただく資格なんてないのに」

「何をばかなことを言ってるんだ」

ステファニーは彼から身を引きはがし、震える息を吸いこんだ。「マテオ、わたし、あなたにずっと隠していたことがあるの」

「わかっているよ。最初から何かあるとわかっていた」マテオの日に焼けた顔が急に青ざめた。「きみは病気なのかい、いとしい人《カーラ》？」

「いいえ。気分は悪いけど、あなたが考えているような理由じゃないわ。わたし、打ち明けなければいけないことがあるの。それを聞いたら、あなたに二度と同じ目で見てもらえないんじゃないかと思うと、怖くて」

「それを判断するのはぼくにまかせてもらいたい」

ステファニーは喉の塊をのみこんだ。急に、マテオがとても貴族的に思えてきた。彼の目は冷ややかになり、表情はよそよそしい。

「ほかに男がいるのか？」

「まさか！」ステファニーはぞっとする思いで叫んだ。「わたしはあなたを愛しているのよ。ほかには誰もいないわ！」

「だったら、きみが打ち明けようとしているのがなんであれ、恐れる必要はない」

そうかしら？　これ以上先延ばしにできない。ステファニーは頭のなかで練習してきた長いせりふを、ひどく単刀直入な言葉に変えて言った。「サイモンはチャールズの息子じゃないのよ、マテオ。あなたの子供なの」

11

彼女には根性がある、それだけは認めなければならない。ディナーの席で、彼の隣に感心するほど落ち着いた様子で座っているステファニーに、マテオは敬意を払った。

〝サイモンはチャールズの息子じゃないのよ……あなたの子供なの……〟

思いきって打ち明けたステファニーは一歩あとずさり、事の成り行きを見守った。

ブロンドで青い瞳のサイモンがぼくの息子？　マテオはめまいを感じた。〝ありえない！〟

〝もし必要なら〟ステファニーは不思議と感情のこもらない声で言った。〝DNA鑑定をしてもかまわないわ〟

しかし、マテオの頭のなかの冷めた部分は、DNA鑑定など必要ないと認めていた。ステファニーは本当のことを言っている。もしかしたら、彼と知りあってから初めて、真実を話しているのかもしれない。

マテオにとってさらに腹立たしいことに、彼自身、サイモンが自分の子供である可能性はないだろうかと考えたことがあった。少年の何かが、自分がすぐに少年に親しみを感じたことが、マテオの気持ちを奇妙に落ち着かなくさせたのだった。

それなのに……それなのに、ぼくはその直感を無視してしまった！　ステファニーはそんなふうに人を欺くには正直すぎると決めつけて。

「乾杯しよう《ウン・ブリンディジ》！」テーブルの反対側から、少し酔っ払ったいとこのジャコモがワイングラスをフォークで叩《たた》いてみんなの注目を求めた。「マテオと彼の美しいカナダ人《カナデーサ》の恋人、ステファニーに乾杯！　ようこそわが一族に、シニョーラ！」

「ありがとう《グラッィエ》」ステファニーはいかにも育ちのいいレイランド家の人間のように振る舞った。みじめな気分を慎み深い態度に隠して。

しかし、マテオは彼女がワイングラスの脚をきつく握りしめているのを見逃さなかった。ダークブルーのドレスの生地の下で彼女の胸がせわしなく上下しているのも。

マテオの母と祖母は、ステファニーが心ここにあらずなのに気づいていたとしても、そんなそぶりはみじんも見せなかった。それどころか、ジャコモがみんなを楽しませようと、歌劇『フィガロの結婚』から歌を披露すると、ステファニーに温かい励ますような笑みを浮かべてみせた。

サイモンのことを母と祖母にどう話せばいいのかとマテオが責めると、ステファニーは言った。〝あなたが話す必要はないわ。おふたりにはわたしからもう話したから〟

マテオは悪態をつき、壁を殴りつけた。〝それじゃ、ぼくは最後に知らされたわけか〟

彼と目を合わせられず、ステファニーは視線をそらした。〝こんな形で知らせるつもりじゃなかったのよ、マテオ〟

〝そうだろうとも。できることなら、きみはこのことを誰にも話さず、墓場まで持っていったんだろうからな〟

ステファニーはさっと彼に視線を戻した。〝そんなことはないわ！　この週末のあいだに打ち明けるつもりだったのよ。もうこれ以上罪悪感に耐えられなくて〟

〝で、祝福ムードの親戚《しんせき》であふれ返っているときを選んで、その重荷を下ろしたというわけか。親戚がいれば、ぼくが衝撃的な新事実をおとなしく受け入れると思って？〟

〝聞いて〟ステファニーは懇願し、マテオの手をつかもうとしたが、彼はそうさせてくれず、あとずさった。〝わたしは――〟

〝黙れ！〟マテオが噛《か》みついた。

〝でも、どうしても説明しなければならないのよ、マテオ！〟

〝説明はしてもらうとも。だが、そのときを決めるのはきみじゃない、ぼくだ。使用人たちが、夜遅くまで続くディナーの給仕をいつ始めればいいかと待っている。十四人の客は早くテーブルに着きたいのに、礼儀上、きみが姿を現すのを待っている。きみは、ぼくの身内が社交上の礼儀を守ることはおろか、そんなものが存在するとも知らないと思っていたんだろうが〟

いやみは無視して、ステファニーは叫んだ。〝この問題を宙ぶらりんにしたまま、みんなと顔を合わせるなんてできないわ！〟

〝どうして？　罪の意識という重荷を背負っていたにもかかわらず、きみはここまで感心するほど冷静に振る舞ってきたじゃないか。あと一、二時間くらい、どうだというんだ？あるいは十時間、一日、一週間だって変わりはないだろう！〟

〝お願いよ、マテオ、そんなことを無理強いしないで。わたしはパーティを欠席するとみなさんに言ってちょうだい！〟

〝冗談じゃない！　きみが恥をかこうと、ぼくの知ったことじゃないが、きみがぼくやぼくの家族に恥をかかせるのは許さない。そんなうわべだけの悲しそうなふりはやめて、もっとみんなの前に出るのにふさわしい顔をしろ〟

〝いやよ！　できないわ！〟

すると、さっきはステファニーに触れられるのを拒んだマテオが、彼女のやわらかな二の腕をぎゅっとつかみ、戸口のほうへ歩きだした。〝できるし、やるんだ〟

ステファニーはマテオの言葉に従うしかなかった。にぎやかに談笑する彼の親戚を見るかぎり、マテオと彼女のあいだに漂う冷たい緊張感に気づいている人はひとりもいない。

周囲の陽気な雰囲気はマテオの神経にさわった。彼は磨きあげられた長いテーブルを思いきり叩いて自分の怒りと苦痛をぶちまけたかった。

そんな渦巻く感情に内心うめきながらも、椅子に寄りかかり、適当なところで笑いながら、ゆったりとみんなとの会話を楽しんでいる主人役《ホスト》らしい雰囲気をかもしだした。出席者はディナーを楽しむのに忙しく、マテオがたいして会話に参加していないことや、あるいはステファニーの頭がうなだれていることに気づきもしない。しかしマテオは、ステファニーの頬を涙がひと筋流れ落ち、彼女が口の端を押さえるふりをしてナプキンで拭《ふ》いたのを見逃さなかった。

彼女のみじめそうな様子を見て喜べたら、ステファニーを憎めたらいいのに。

彼女はマテオと彼の息子から多くのものを奪った。だが悔しいことに、マテオはステファニーのはかなげな瞳の色や、悲しそうに震える唇を無視できなかった。

そして、そのことが彼をますますいらだたせた。

パーティを抜けだすチャンスはなかなか訪れなかったが、みんながエスプレッソとグラッパを求めてダイニングホールからイブニングサロンへ移動する大騒ぎのなか、ステファニーは誰にも気づかれずに東の翼棟へと通じる戸口をすり抜けた。

精神的にも肉体的にも疲れきっていた。どっと壁に寄りかかり、にぎやかな話し声や笑い声を聞くともなしに聞く。

緊密なきずなで結ばれたマテオの身内をうらやましいと思っていたのに、今夜は彼らのおかげで疲労困憊《こんぱい》させられた。

しばらくして、彼女はどうにかエネルギーをかき集め、自分のスイートルームに向かって長い廊下を歩きだした。もちろん、パーティを抜けだした彼女にマテオが怒りでおかしくなるのは目に見えている。けれど、彼はすでにこれ以上ないほど怒っているし、今のステファニーにとって、人と交わるのはとうてい無理だった。

ああ、マテオとの関係に生じたダメージを最小限にとどめるにはどうしたらいいの？ そして、サイモンの信頼を失わずに、あの子に本当の父親を告げるにはどうしたら？

〝きみの亡くなった旦那《だんな》とぼくは簡単に立場を交換できるわけじゃないんだぞ〟マテオは腹立たしげに言った。ステファニーが、これからあなたはようやくサイモンの人生において父親としての立場に立つことができるとほのめかしたときだった。

〝でも、わたしが説明すれば――〟

〝なんと説明するんだ？ きみは長年、息子に嘘《うそ》をつき、彼から本当の父親を隠してきたと言うのか？ なんてゆがんだ心だ。こんなひどい話を、よくも今まで正当化できたな〟

そんなふうに言われると、とうてい正当化することなどできなかった。息子から父親を、父親から息子を奪っていいはずがない。わたしはいったい何を考えていたの？

スイートルームのドアを押しあけると、パラディオ様式の大きな窓から月の光がさしこみ、すべてを鈍い銀色に照らしていた。

涙のかすみを通して室内を眺めながら、ステファニーはこれこそサイモンが手にするはずのものだったのだと思った。優美なアンティークの家具などに象徴される物質的な富ではなく、この家に感じられる時を超越した安定という遺産。わたしはそれを、愛情深い家族を、サイモンから奪ったのだ。そして子供を養うためには、その子を他人の手にあずけなければならないシングルマザーとの暮らしを息子に強要したのだ。

一日のうちでもっとも暗いのは夜が明ける直前だという。もしかしたら、朝になれば何もかも今ほど真っ暗には見えなくなるかもしれない。ひょっとしたら、寝ているあいだに答えを思いつくかもしれない。

ステファニーはサテンのハイヒールを脱ぎ、なめらかな大理石の床を裸足《はだし》で歩いて、寝室に向かった。ドレスを脱ぎ、宝石類をはずして、背の高い衣装だんすからとりだしたナイトガウンをはおる。そうしたきわめて日常的なことをしていると、どんなに状況が悪く見えようと、今この瞬間も人生は進んでいるのだということを思い出させられた。今日という日に終わりは必ず訪れるのだ。

しかし、休息のときはそれほど簡単にはやってこなかった。十五分後、バスルームから出ると、マテオが待ちかまえていた。薄明かりのなか、彼は険しい表情でステファニーのほうへ歩いてくる。全身から怒りがにじみ出ている。握ったり開いたりを繰り返している両手は、殺気すら感じさせた。

彼が激情の持ち主なのは以前からわかっていたけれど、こんなに醜いほど怒りにわれを忘れるとは思いもしなかった。彼を恐ろしいと思ったことは一度もない。しかし今、胸の奥から喉元へと恐怖がせりあがってきた。

パニックに襲われ、逃げたい一心で、ステファニーは戸口へ突進した。だが、マテオにすばやく行く手を阻まれ、彼のたくましい胸に飛びこむ形になった。

「放して！」

「だめだ」マテオは力強い大きな手で彼女の手首を締めつけた。「こっちの用がすむまでは」

ステファニーはなんとか逃れようとしたが、かえってマテオの手に力がこもる結果になった。

「きみに痛い思いをさせたくないんだ。ぼくにそんなまねはさせないでくれ」マテオが低い声で警告する。

「とっくに痛い思いをしているわ」ステファニーは言い返した。「あなたのお母さまはぞっとなさるでしょうね、あなたがこんなふうにわたしを恐怖に陥れているのを知ったら。おばあさまは恥ずかしく思われるに違いないわ。それから、あなたの息子はどう思うかしら、わたしを手荒く扱っているあなたを見たら！」

彼女は最後の試みとして、非難の言葉にすがったものの、それが効を奏するとは期待していなかった。ところが驚いたことに、マテオはハンマーで殴られでもしたように動きを止めた。

いきなり放されたせいで、ステファニーはもう少しで足元にくずおれそうになった。彼女を見ることができないのか、マテオは顔をそむけ、震える息を何度も吸いこんでいる。

「きみの前だと、ぼくはこんなにも卑しい人間になりさがってしまうのか。暴力に訴えて問題を解決しようとするろくでなしに」

「本当にごめんなさい、マテオ」ステファニーはささやいた。「どんなにあなたを傷つけたか、わかっているわ」

マテオはふたたび彼女に視線を戻したが、その目は恐ろしいほどうつろだった。「本当に?」

「ええ。なぜなら、わたしも苦しんでいるから。あなたにこんな隠し事をしてきたせいで、どれだけ痛みに耐えてきたか、あなたには想像もつかないと思うわ」

「いい根性をしているな、ぼくに理性的な判断をできなくさせておいて、きみの痛みに対する同情を引きだそうとするとは」

ステファニーは訴えるように両手を広げた。「こんなことを言ってなんになるかわからないけど、わたしは何度も後悔したのよ、妊娠を知らせる勇気がなかったことを」

「どうして知らせなかった？」マテオは噛みつくようにきき返した。「ぼくがきみの国を離れたからなんて言い訳はするな。本当に連絡をとりたかったら、おじいさんかおばあさんにぼくの連絡先をきけばよかったんだから」

「もしそうしていたら、あなたは自分が赤ん坊の父親だと信じた？　わたしたちは避妊を講じなかったわけじゃないわ。あなた、わたしを妊娠させる危険はないと確信していたでしょう」

「きみのほうは、ぼくはレイランドの血を引く子供の父親としてふさわしくない、と確信していたんじゃないのか？」

「そんなこと、一度も思わなかったわ！」

「思ったに決まっているさ！　だから、きみはぼくよりも父親にふさわしいと思える男を見つけて、そいつと結婚したんだ、ぼくの子供をその男の子供として通すために」

「そうせざるをえなかったのよ！」ステファニーは叫んだ。「でも、あなたが考えているような理由からじゃないわ。赤ん坊が婚外子だと知ったら、父は絶対にサイモンを受け入れてくれなかった。わたしが嘘をついたのは、あなたのことを恥じたからじゃない。サイモンを守るためよ」

「きみが嘘をついたのは臆病《おくびょう》だからさ。楽な逃げ道を選んだんだ。考えてみたらこっけいだな、きみの無邪気な目にだまされたとは」

もはや失うものがなくなったステファニーは、すべてをぶちまけた。「わたしはあなたが考えているより、もっとたちの悪い人間よ。わたし、イタリアを離れる前にサイモンがあなたの子供だということを打ち明けようと決心したんだけど、それはコリーナから言われてそうせざるをえない状況に追いこまれたからなの」

「コリーナもこのことを知っているのか？」マテオが食ってかかった。「まったく《ディオ》、きみの裏切りには際限がないのか？　こんな事実をぼく以外のみんなにぺらぺらしゃべってまわるとは」

「コリーナは自分で真実を突き止めたのよ。でも、わたしはずっと夢見ていたの、サイモンにいつか本当の父親はあなただって知らせる日を」

「夢見ていたかもしれないが、コリーナのせいでそうせざるをえなくなるまで、現実に行動に移そうとはしなかった。ぼくはコリーナに感謝しなければならないな。きみではなく、彼女のおかげで、ぼくは今、父親としての権利を行使できる立場に立てたんだから」

ステファニーは長椅子に体を沈め、膝の上で両手を握りしめた。「あなたに嘘をついて後悔していることを、どうしたら信じてもらえるの？」

「ぼくにきくな！　これまで何度きみに嘘をつかれたか知れやしない。ぼくはもう、きみが真実という言葉の意味を理解しているのかどうかも確信が持てない。きみは口を開けば、事実をゆがめずにはいられないようだからな」

「ひどいわ、マテオ！　サイモンのことを黙っていた以外、あなたに嘘をついたことはないわよ。それに、あなただってわたしをだましたじゃない。本当の素性を隠して」

「だから悪いのはお互いさまだと？　だから、きみがしたことの罪が軽くなるとでもいうのか？」

ステファニーはマテオの顔を見ることができなかった。自分が犯した罪のほうがずっと大きいのはわかっている。

「いいえ。でも命に賭《か》けても、これだけは誓えるわ。わたしはあなたを愛している。昔からずっと愛していたの。それは何があっても変わらないわ」

「何があっても？」マテオは、ステファニーの肌が粟《あわ》だつような威嚇を感じさせる声で言った。「今度はぼくがサイモンと暮らす番だと言ってもか？　なにしろ、きみはサイモンとの十年間をひとり占めしたんだからな。あと十年たったら、あの子は親を必要とする年齢ではなくなる。それを考えれば、これから十年はぼくがサイモンと暮らすのが妥当な時間の分け方だ」

「あなたがそんなことをするはずないわ！」恐怖でステファニーは気を失いそうになった。

「サイモンにわたしかあなたを選ばせるなんて、そんなまね、できるわけがないわ」

「ずいぶん自信があるみたいじゃないか」

「ええ」不安に屈しないようステファニーは自分に言い聞かせた。「今は怒っていても、あなたは本当に残酷な人じゃない。息子から母親を奪うようなまねをするはずがないもの」

マテオは無言でステファニーをにらんだ。彼の目には闘志がみなぎっている。それが突然揺らいだかと思うと、消え去った。「きみの言うとおりだ」かすれた声で彼は認めた。「そんなことはしない。つまり、ぼくたちはなんらかの妥協点を見いださなければならない」

「妥協ってどんな？」安堵《あんど》感と警戒心のはざまでステファニーは尋ねた。

マテオは部屋を横切り、窓際まで歩いていくと、彼女に背を向けた。「この袋小路を抜ける方法はきわめて単純だ。きみとぼくが結婚すればいい。そうすれば、親権をめぐる裁判なんかで争わずにすむし、サイモンがこれまで実際に経験したことのなかったものを与えてやれる。あの子の幸せと健康を願う父親と母親のいる生活を。ぼくたちは、不愉快な影響を与えるきみのお父さんとヴィクターから離れて、ここイタリアに住む。きみはぼくの祖父から孫の顔を見る機会を奪ったが、母と祖母に同じことはさせない。この洗練された解決法はどうだい、マイ・ディア・シニョーラ？」

洗練された？　たしかにそうかもしれない。けれど、こんなにも冷たくて非情なプロポーズの言葉があるだろうか。〝マイ・ディア・シニョーラ〟だなんて。

「ためらっているようだな、ステファニー」マテオはくるっと振り返り、彼女と向きあった。「ぼくの言葉に何か足りない点があったかな?」

「いいえ。でも、ひとつききたいの。サイモンがあなたの息子だと知らなくても、あなたはわたしに結婚を申しこんだ?」

「ぼくは社会的な地位を気にするきみのお父さんから隠さなければならないような相手ではない、そのことを知らなくても、きみはぼくを愛していると言ったかい?」

「ええ」

「だったら、ぼくもきみに結婚を申しこんだはずだ。動機は今とは違っただろうが。かつてはきみを信頼して、ともに人生を築いていける相手だと信じていた。ぼくたちの結婚は恋愛結婚になったはずだ」

「でも今は?」

マテオは肩をすくめた。「今なら便宜的な結婚だ。弁護士によってまとめられる契約。サイモンとぼくの権利を守るために必要な、法的な養子縁組みも含めて。ぼくはサイモンのために結婚するんだ、ぼくのためじゃない」

「愛というのは、そんなふうに消えてしまうものではないはずよ、マテオ!」

彼は形のいい口元に残忍な笑みを浮かべた。「愛していると口で言っても、ぼくが本気でそう思っているとはかぎらないのさ」

計算された非情な声に愕然《がくぜん》とし、ステファニーは殴られたかのように身をすくませた。

「それなら、なぜそう思っているみたいに振る舞ったの？　どうしてわたしとの関係をもう一度やり直そうと言い張ったの？」

「十年前にきみと関係を持ったときと同じ理由から、きみに欲望を感じるからだ。今だって、きみといるとぼくの体は熱く硬くなってくる。ナイトドレス姿のきみを見ていると、それを引き裂いて、ベッドに組み敷くところを想像してしまう」

「だったら、なぜ我慢しているの？」ステファニーは大胆にも言った。「わたしに求めるものがそれだけなら、奪えばいいじゃない」

「ぼくは自分の弱さにいやけがさしたんだ」マテオは戸口に向かって歩きだした。「それに、男が欲望を満足させるには、自分をおとしめずにすむ方法がほかにある」

「たとえば？　別の女性のところへ行くの？」

マテオは肩越しに振り返ってにやりとした。「想像力を発揮しろよ、ステファニー。想像力は昔、大いにきみの役に立ったようだからな！」

12

その夜、ステファニーに眠りは訪れなかった。ベッドに横たわり、マテオの言葉をひと言ひと言思い出しては、彼は怒りにかられて攻撃的な言葉を投げつけただけよと何度も自分に言い聞かせた。しかし悪夢が彼女から理性を奪い去り、マテオは彼女の手からサイモンを奪おうとするのではないかという恐怖が消えてなくなりはしなかった。

そうしたことは現実に世間で起こっている。父親が自分の子供を誘拐したというニュースが流れるし、母親がテレビに出演しては、子供を返してくれと涙ながらに訴えている。マテオ・デ・ルーカには、わたしの手からサイモンを奪う手段がそろっている。いつでも飛びたてる自家用ヘリコプター。お金。権力。

日が昇るまでには、ステファニーの心は固まっていた。彼女に必要なのは計画を実行に移す機会だが、それは運よく彼女が朝食の席に着いたときにめぐってきた。

屋敷に滞在中の親戚《しんせき》の数人が、午前中をルッカの町で過ごそうと話しあっていたのだ。

「毎月第三日曜日に骨董《こっとう》市が開かれるんだ。ぼくたちと一緒に来ないか、ステファニー。

この土地の伝統を知るいい機会だよ」

テーブルを見まわしたステファニーは、マテオの姿がないのを見て、不安が押し寄せてくるのを感じた。「マテオも行くのかしら？」

「いいえ。息子はさっき馬に乗りに行ったわ。昼食まで戻らないみたい」マテオの母が言った。そして親戚たちが会話を再開すると、小さな声でステファニーに言い添えた。「あの子は少しひとりになりたいんじゃないかしら。理由はわかるわよね？　考えることがいろいろあるんだと思うわ」

言い方を変えれば、彼はわたしを避けているということだ。あるいは次の動きを練っているか。「それで、昼食は何時なんでしょう？」

「二時よ」シニョーラ・デ・ルーカが答えた。「日曜日の昼食はいつもより遅いの」

今は九時。五時間あれば計画を実行できる。わたしがいなくなったことにマテオが気づくころには、わたしは遠くまで逃げているはず。

「じゃあ、ぜひ骨董市を見てみたいわ」ステファニーはマテオの親戚に言った。「何時ごろ出発するのかしら？」

「きみの準備ができしだい」

「わたしならいつでも出かけられます」彼女はカップをわきに押しやった。「朝食はたいていコーヒーだけだから」

二十分後、一行は三台の車に分乗して出かけた。あやしまれないよう、ステファニーはハンドバッグしか持たなかった。マテオの手の届かないところまでサイモンを連れて無事に逃げおおせたら、残りの荷物を引きとる手はずを整えよう。お礼も言わずに立ち去ることをシニョーラ・デ・ルーカとマテオの祖母《ノンナ》が許してくれますように。ふたりには後日手紙を書いて、わたしがこんなことをした理由を説明し、そして状況が落ち着いたら、サイモンをふたりに引きあわせると約束しよう。

町の北端に車を止め、一行は徒歩で中心部へ向かった。ルッカはマテオが言ったとおり、美しいところだった。荘厳な教会、宮殿、博物館、庭園。ゆっくり見てまわれたら楽しかっただろうとは思うけれど、ステファニーにはするべきことがあり、一秒たりとも時間を無駄にはできなかった。

一行に気づかれずに行動を別にするのは簡単だった。わき道にそれ、貸し自転車屋に入る。ここから三十キロの距離にあるピサのガリレオ・ガリレイ空港までの道順をきき、地図を携えて、ステファニーは静かに走りだした。

マテオは怒りのうちに夜を明かし、欲求不満と疑念でいっぱいの状態で朝を迎えた。ステファニーとふたたび顔を合わせる前に、なんとか気持ちを落ち着かせなければ。

気に入りの種馬に乗っていると、トスカーナのひんやりとした気持ちのいい朝の空気が怒りを静めてくれ、ようやく真実と向きあうことができた。

たしかに、ステファニーはぼくに息子の存在を隠していたが、彼女をそういう行動にかりたてたのは、純潔を奪っておきながら、その後何も言わずに彼女を置き去りにしたぼくが原因かもしれない。再会してからもステファニーは嘘《うそ》をつきつづけたとはいえ、ぼくだって同罪だ。

彼女がぼくの素性を誤解しているのを見て、ひそかに面白がっていた。さらに悪いことに、ゆうべ、彼女を愛していると言ったのは本気ではなかったと言ってしまった。

怒りや憤りがおさまったとき、あとに残ったのは、ステファニーを愛しているという事実だった。そして、ぼくたちには息子がいる。

澄んだ光のなかでその幸せの大きさに胸を打たれ、マテオは乗馬を途中で切りあげて屋敷に戻った。ステファニーに胸の内をさらけだすために。

彼女はみんなとルッカに出かけたと聞いて、マテオはあとを追いかけた。骨董市で親戚は見つかったが、ステファニーの姿はどこにもない。身内のひとりが、彼女が貸し自転車屋に入っていくところを見かけたとふいに思い出した。

貸し自転車屋の主人は金髪のカナダ人観光客をよく覚えていた。夕方までの契約で自転車を貸し、彼女がルッカとピサのあいだの田園を見たいと言うので、走るべき道に線を引いて地図を渡したという。

マテオはすぐにステファニーのたくらみを見抜いた。彼女はふたたび逃げようとしているのだ。サイモンを連れて。これはすべてぼくの責任だ。マテオは車に飛び乗り、ステファニーがとった道を走りだした。二十分もしないうちに、ぎらぎらと照りつける太陽のもと、必死にペダルをこいでいる彼女の姿を見つけた。気高く、断固とした様子で金髪を風になびかせ、スカートをパラシュートのようにふくらませている。

彼は思わずほほ笑んでしまった。ギアをローに入れ、自転車に並んで車を走らせる。

「そこのシニョーラ！」開けた窓から大声で呼びかける。「スピード違反だ。止まりたまえ」

「うるさいわね！」ステファニーは実際に鼻を鳴らした。「わたしを止まらせたかったら、道から押しだすしかないわよ」

道路のわきには野の花が点々と咲いた芝地が広がっている。マテオは完璧《かんぺき》なタイミングでフェラーリをぐいと寄せ、ステファニーの自転車を芝地に乗りあげさせた。

ところが、彼女は単に止まるだけでなく、ハンドルを飛び越え、叩《たた》きつけられるようにして芝生の上に倒れた。

しまった《ディオ》！　マテオは車から飛びおり、ステファニーのもとへ駆け寄った。うつ伏せになった彼女はぴくりとも動かない。

傍らにひざまずき、肋骨《ろっこつ》に手を当ててみる。呼吸をしている気配がまったく感じられない。マテオはぞっとした。「ステファニー！」かすれた声でささやく。「ぼくのいとしい人《ラ・ミア・インナモラータ》、ぼくはなんてことをしてしまったんだ！」

ステファニーの体が急に動いたかと思うと、頭が上がり、彼女はなんとか起きあがろうとした。「わたしに言わせれば、あなたはわたしを殺そうとしたのよ」口のなかから草をつまみだしながら、あえぐように言う。

ほっとするあまりマテオは泣きそうになり、彼女をひしと胸に抱き寄せた。「きみを止まらせたかっただけなんだ。怪我《けが》をさせるつもりなんか全然なかった」心配そうにステファニーを見る。「どこか痛みはないかい、ぼくの大事な人《テゾーロ》？」

足首と手首をまわし、みぞおちにそっと触れてみたステファニーは顔をしかめた。「ここ」

「救急車を呼んでくる」

マテオは電話をかけに行こうとした。だが立ちあがろうとすると、腕をつかまれた。

「救急車は必要ないわ。ちょっと息が苦しくなっただけよ。少ししたらなんでもなくなるわ」

「なんでもなさそうには見えない」

「今はね」ステファニーはぶっきらぼうな調子で答えた。「あなただって見えなかったと思うわ、野原に顔から着地したり、前の晩、心配で眠れなかったりしたら。自分の知っている男性が自分の子供を誘拐しようとするんじゃないかって」

「そんなことは絶対にしないさ」

「今はそう言うけど、ゆうべはしそうな雰囲気だったのよ」

「あのときは、いつものぼくじゃなかった。プライドを傷つけられて、怒っていたから。ステファニー、きみはぼくと一緒に暮らすんだ！　そうすれば、どちらもサイモンと別れて暮らすなんて悲劇を経験しなくてすむ」

ステファニーはマテオをにらみつけたが、彼女の目には涙がたまっていた。「〝ぼくのやり方に従えないなら出ていけ〟というのがあなたのビジネス方針なの？」

「きみとぼくのことはビジネスじゃない。ぼくたちは、運命に長いあいだ逆らいつづけてきた男と女だ。お互い、最初から結ばれる運命にあったのを受け入れる潮時じゃないかな」

「サイモンのために？」

マテオは両手でステファニーの顔を包んだ。「ぼくはきみを愛している、きみもぼくを愛していると信じるからだ。そしてきみのいない人生なんて、ぼくには考えられないから。そして、そう、ぼくはサイモンの父親という本来の立場をとり戻したいから。ぼくはすべてが欲しいんだ、ステファニー。同時にすべてをさしだす準備もある。ぼくはそういう男なんだよ」

ステファニーは顔を横に向け、マテオのてのひらに甘い唇を押しつけた。「そんなに簡単なことならいいんだけど」

「愛は簡単じゃないよ、いとしい人《カーラ》」彼女のほんのちょっとした愛情表現にも、マテオは胸がいっぱいになった。「愛は荒々しく、複雑で、貪欲《どんよく》で、筋が通らないものだ。だからこそ、ぼくたちは今日、こんなばかげたことをしているんじゃないか」

「ぼくたちですって！」ステファニーはばかにしたような笑い声をあげた。「わたしは人を道路から押しだしたりしないわ！」

「たしかに。ぼくから逃げようとして突拍子もない計画を考えたのは、きみだ」マテオは草の上に倒れている自転車に顎をしゃくり、また笑ってしまわないよう唇を引き結んだ。

「あれでどこまで行けると思ったんだ？」

「最寄りの空港よ。そこからイスキアに飛んで、サイモンを連れてカナダに帰ろうと思ったの」

「ぼくがきみを止めないと言ったらどうする？　もし今でもきみがそうしたいと思っているなら、カナダに帰ってもかまわないよ。ぼくがピサの空港まで送っていく」

　ステファニーはふたたび彼をにらんだ。「さっきはわたしとサイモンがいなければ生きていけないと言ったのに、ころっと変わるのね」

「ぼくが言おうとしているのは、そういうことじゃないよ、ステファニー」

「じゃあ、どういうこと？」

「ぼくは地の果てまでもきみを追っていく、きみと暮らすために必要とあらば」

「でも、あなたの家はここよ」

「ああ。でもここと、きみがいるカナダのどちらかを選ばなければならないとしたら――」

「わたしはあなたにそんなことを要求したりしないわ。イタリアがあなたの国だし、わたしは……ここでの暮らしを愛せるようになると思うわ」

「カナダでの生活は？　仕事はどうする？」

「わたしの生活は、あなたと一緒でなければ意味がないし、仕事はもう充分わたしを満足させてくれたわ。今の望みは、フルタイムの母親と妻になることよ」ステファニーは吐息をもらし、マテオの胸に頭をあずけた。「望みが多すぎるかしら？」

「いや。ちっとも」

「わたしたち、本当にうまくいくと思う？」

「ああ、ぼくたちが真剣に望めば」

「だけど、わたしの家族――とくに、これまであなたにひどい態度をとってきた父のことは？」

「きみのお父さんなら問題ない。ぼくが彼と同じく名家の出だとわかったら、両手を広げて迎えてくれるだろう」

「でもサイモンは？　わたしたち、こんなに複雑な過去をあの子にどうやって説明したらいいの？」

マテオは彼女の頭にキスをした。ステファニーの髪は草とバニラとトスカーナの豊かな大地の香りがした。

「サイモンには、根気強く、あの子が知りたいことだけ、適切なときに話すようにしよう。当面は新たな家族として三人のきずなを深めるだけにして。でも、サイモンはきみに似て勇気のある強い子だ。真実を聞く準備ができたら、勇敢に耐えてくれるだろう。ぼくたちは過去の過ちのために、もう充分時間を無駄にしてきた。そろそろよりよい明日のために踏みだすときだ。愛している《ティ・アーモ》、ステファニー。大事なのはそれだけだ」

ステファニーは震える息を吐いた。「わたしも愛しているわ」

マテオはあたりを見まわした。道の向こうの丘にはぶどう園が広がり、こちらへやってくる荷車がやかましい音をたてている。ステファニーのドレスには草の染みがついているし、彼女の鼻の頭は土で汚れている。

「これは、ぼくが思い描いていたのとはかなり違うけど」彼女を立ちあがらせ、自分は地面に片膝をついて彼女の両手をとった。「ステファニー・レイランド＝オーウェン、ぼくと結婚してくれないか。ともに暮らし、死がふたりを分かつまで、きみを愛させてほしい」

ステファニーは唇を噛《か》んだ。涙が頬を伝い、マテオの手の甲にぽたりと落ちた。「ええ。あなたの奥さんになれるなんて、光栄だわ」

マテオは立ちあがって彼女を腕に抱き寄せ、思いの丈をこめてキスをした。

13

「結婚式が終わったら、ぼくはあなたの息子になるんだよね？」

マテオは身をかがめてサイモンのパールグレーのネクタイを直してやった。「そうとも。きみはあらゆる意味でぼくの息子になるんだ」

「それじゃ〝お父さん〟って呼んでもいいの？」

「ぜひともそう呼んでもらいたい。きみとぼくが親子なのを世界中に知らせたいよ」

「ぼくはサイモン・レイランド＝オーウェンじゃなくて、サイモン・デ・ルーカになるの？」

「そのとおり。きのう説明したが、きみのお母さんとぼくは、きみに関して正式な養子縁組みの手続きをすませたからね。きみは正真正銘、デ・ルーカ家の一員になったんだよ」

「そうだった、忘れてた」サイモンの顔がいたずらっぽく輝いた。「きのうは楽しかったね。おじいちゃんまでにこにこして。曾《ひい》おばあちゃんが言ってたけど、おじいちゃんはシャンパンを飲むとご機嫌がよくなるんだって」

大笑いしそうになるのをこらえ、マテオはサイモンがそばにいるときは話す内容に気をつけなければと心にとめた。それにしても、シニョーラ・アンナの言葉は的を射ている。昨夜のリハーサルディナーで、ブルース・レイランドはみんなを喜ばせようと必死になっているように見えた。マテオの背中を好ましげに叩《たた》き、彼を正式に家族として迎える旨の演説を長々としたのだ。

二カ月前となんという変わりようだろう！　サイモンの父親がマテオだと初めて聞かされたとき、ブルースはサイモンを勘当しろと騒ぎたてた。ところが、彼が軽蔑《けいべつ》にも値しないと見なしていた男が実は豪邸を所有し、由緒ある名家の出だと知るや、ころっと態度が変わってしまった。デ・ルーカ家の一員を義理の息子と呼ぶことは、急に世間に自慢してまわるべき事実となったのだ。

マテオは息子を花婿付き添いにしていた。

「指輪は持ったかい、サイモン？」

サイモンはポケットを叩いた。「うん。ここにあるよ」

「神父《パードレ》さまが指輪をとおっしゃったら、どうするかわかってるね？」

「うん。神父さまに渡すんでしょう、お父さんにじゃなくて」

「いい子だ！」サイモンの頭をくしゃくしゃっと撫《な》でたくなるのをこらえ、マテオは男同士にやりと見つめあうにとどめた。そして最後にもう一度、庭園に目をやった。

テラスに張られた青と白の天蓋《てんがい》の下に長いテーブルがいくつも並べられ、結婚披露宴の準備を整える人たちが忙しく立ち働いている。日は高く昇り、空は雲ひとつなく晴れわたっている。

「さて、わが同志《アミーコ》」マテオは息子の手をとって言った。「礼拝堂に行こうか。花嫁を待たせたらまずいからな」

マテオの親戚《しんせき》や友人で、信者席はすでに埋まっていた。ジャコモとアンドリューが、祭壇の前に着いたマテオに親指を立ててみせた。コリーナの表情はほんの少し残念そうに見えはしたものの、笑顔はまぎれもなく本物だ。マテオの母と祖母は、彼の幸せを喜んで顔を輝かせている。ステファニーの母と祖母がマテオの母と祖母と温かい視線を交わしたのを見れば、早くも両者が固いきずなで結ばれているのは明らかだった。

司祭の合図でオルガン奏者がパッヘルベルの《カノン》を演奏しはじめると、式の参列者全員が立ちあがって、ステファニーの入場を見守った。花嫁は光り輝いて見えるものだというし、マテオ自身、そういう表現に当てはまる例を何人か見たことがある。しかし、短い通廊を歩いてくる彼のステファニーほど美しい花嫁は、生まれてこのかた見たことがなかった。

彼女の姿を一瞬でも見逃さないよう、マテオはまばたきすらしたくなかった。しかし結局はせざるをえなくなった。感極まって、涙があふれそうになったのだ。

この瞬間のことは息を引きとる間際まで忘れはしないだろう。

「すてきだ」ようやく隣に立ったステファニーに、彼は言った。

ステファニーがほほ笑むと、マテオの胸はいっぱいになった。「あなたも」

「愛している《ティ・アーモ》」

「わたしも愛しているわ」

それだけで充分だった。それがすべてだ。マテオは彼女の手をとり、司祭のほうを向いた。「ぼくたちを結婚させてください、神父《パードレ》さま。この美しい花嫁をぼくの妻にしてください」

●本書は、2005年9月に小社より刊行された作品を文庫化したものです。

非情なプロポーズ
2023年10月1日発行　第1刷

著　者　キャサリン・スペンサー

訳　者　春野ひろこ（はるの　ひろこ）

発行人　鈴木幸辰

発行所　株式会社ハーパーコリンズ・ジャパン
東京都千代田区大手町1-5-1
03-6269-2883（営業）
0570-008091（読者サービス係）

印刷・製本　中央精版印刷株式会社

 ISBN978-4-596-52568-0

9月27日発売

ハーレクイン・シリーズ 10月5日刊

ハーレクイン・ロマンス

愛の激しさを知る

富豪が望んだ双子の天使　ジョス・ウッド／岬　一花 訳

海運王に贈られた白き花嫁　マヤ・ブレイク／悠木美桜 訳
《純潔のシンデレラ》

囚われの結婚　ヘレン・ビアンチン／久我ひろこ 訳
《伝説の名作選》

妻という名の咎人　アビー・グリーン／山本翔子 訳
《伝説の名作選》

ハーレクイン・イマージュ

ピュアな思いに満たされる

午前零時の壁の花　ケイト・ヒューイット／瀬野莉子 訳

婚約は偶然に　ジェシカ・スティール／高橋庸子 訳
《至福の名作選》

ハーレクイン・マスターピース

世界に愛された作家たち
～永久不滅の銘作コレクション～

誘惑の落とし穴　ペニー・ジョーダン／槙　由子 訳
《特選ペニー・ジョーダン》

ハーレクイン・ヒストリカル・スペシャル

華やかなりし時代へ誘う

子爵の身代わり花嫁は羊飼いの娘　エリザベス・ビーコン／長田乃莉子 訳

鷲の男爵と修道院の乙女　サラ・ウエストリー／糸永光子 訳

ハーレクイン・プレゼンツ作家シリーズ別冊

魅惑のテーマが光る極上セレクション

バハマの光と影　ダイアナ・パーマー／姿　絢子 訳

10月12日発売

ハーレクイン・シリーズ 10月20日刊

ハーレクイン・ロマンス

愛の激しさを知る

王子と土曜日だけの日陰妻　　ミシェル・スマート／柚野木　菫 訳

ドラゴン伯爵と家政婦の秘密　　アニー・ウエスト／小長光弘美 訳
《純潔のシンデレラ》

小さな愛の願い　　ベティ・ニールズ／久坂　翠 訳
《伝説の名作選》

新妻を演じる夜　　ペニー・ジョーダン／柿原日出子 訳
《伝説の名作選》

ハーレクイン・イマージュ

ピュアな思いに満たされる

灰かぶりとロイヤル・ベビー　　ディアン・アンダース／西江璃子 訳

見捨てられた女神　　サラ・モーガン／森　香夏子 訳
《至福の名作選》

ハーレクイン・マスターピース

世界に愛された作家たち
〜永久不滅の銘作コレクション〜

秋冷えのオランダで　　ベティ・ニールズ／泉　智子 訳
《ベティ・ニールズ・コレクション》

ハーレクイン・プレゼンツ作家シリーズ別冊

魅惑のテーマが光る極上セレクション

嫌いになれなくて　　ダイアナ・パーマー／庭植奈穂子 訳

ハーレクイン・スペシャル・アンソロジー

小さな愛のドラマを花束にして…

あなたの知らない絆　　ミシェル・リード他／すなみ　翔他 訳
《スター作家傑作選》

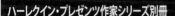

ハーレクイン文庫

「条件つきの結婚」

リン・グレアム／槙　由子　訳

大富豪セザリオの屋敷で働く父が窃盗に関与したと知って赦しを請うたジェシカは、彼から条件つきの結婚を迫られる。「子作りに同意すれば、2年以内に解放してやろう」

「ハロー、マイ・ラヴ」

ジェシカ・スティール／田村たつ子　訳

パーティになじめず逃れた寝室で眠り込んだホイットニー。目覚めると隣に肌もあらわな大富豪スローンが！　関係を誤解され婚約破棄となった彼のフィアンセ役を命じられ…。

「結婚という名の悲劇」

サラ・モーガン／新井ひろみ　訳

3年前フィアはイタリア人実業家サントと一夜を共にし、妊娠した。息子の存在を知った彼の脅しのような求婚は屈辱だったが、フィアは今も彼に惹かれていた。

「涙は真珠のように」

シャロン・サラ／青山　梢　他　訳

癒やしの作家S・サラの豪華短編集！　記憶障害と白昼夢に悩まされるヒロインとイタリア系刑事ヒーローの純愛と、10年前に引き裂かれた若き恋人たちの再会の物語。

「一夜が結んだ絆」

シャロン・ケンドリック／相原ひろみ　訳

婚約者のイタリア大富豪ダンテと身分差を理由に別れたジャスティナ。再会し、互いにこれが最後と情熱を再燃させたところ、妊娠してしまう。彼に告げずに9カ月が過ぎ…。

「言えない秘密」

スーザン・ネーピア／吉本ミキ　訳

人工授精での出産を条件に余命短い老富豪と結婚したジェニファー。夫の死後現れた、彼のセクシーな息子で精子提供者のレイフに子供を奪われることを恐れる。

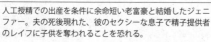

ハーレクイン文庫

「情熱を知った夜」

キム・ローレンス／田村たつ子　訳

地味な秘書ベスは愛しのボスに別の女性へ贈る婚約指輪を取りに行かされる。折しも弟の結婚に反対のテオが、ベスを美女に仕立てて弟の気を引こうと企て…。

「無邪気なシンデレラ」

ダイアナ・パーマー／片桐ゆか　訳

高校卒業後、病の母と幼い妹を養うため働きづめのサッシー。横暴な店長に襲われかけたところを常連客ジョンに救われてときめくが、彼の正体は手の届かぬ大富豪で…。

「つれない花婿」

ナタリー・リバース／青海まこ　訳

恋人のイタリア大富豪ヴィートに妊娠を告げたとたん、家を追い出されたリリー。1カ月半後に突然現れた彼から傲慢なプロポーズをされる。「すぐに僕と結婚してもらう」

「彼の名は言えない」

サンドラ・マートン／漆原　麗　訳

キャリンが大富豪ラフェと夢の一夜を過ごした翌朝、彼は姿を消した。9カ月後、赤ん坊を産んだ彼女の前にラフェが現れ、子供のための愛なき結婚を要求する！

「過ちの代償」

キャロル・モーティマー／澤木香奈　訳

妹の恋人の父で大富豪のホークに蔑まれながら、傲慢な彼の魅力に抗えず枕を交わしたレオニー。9カ月後、密かに産んだ彼の子を抱く彼女の前に、突然ホークが現れる！

「運命に身を任せて」

ヘレン・ビアンチン／水間　朋　訳

姉の義理の兄、イタリア大富豪ダンテに密かに憧れるテイラー。姉夫婦が急逝し、遺された甥を引き取ると、ダンテが異議を唱え、彼の屋敷に一緒に暮らすよう迫られる。